Cuisines

# Cuisines

## Cathy König

Cuisines

Copyright © 2020 Catherine König

Tous droits réservés.
ISBN : 9798669882297

*A ma mère adorée.*

*Elle aurait sans doute aimé ce livre...*

Cuisines

## L'archipel de Bréhat

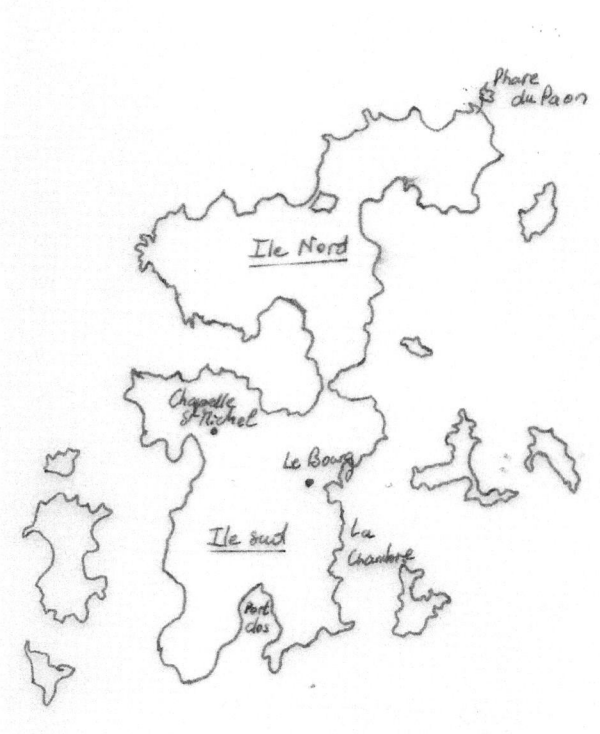

Cuisines

*"On doit laisser en paix les gens chargés de la cuisine."*

*Pierre Benoit*

Cuisines

# SAMEDI

## 1

*L'odorat a mille fois plus de mémoire que tout autre sens, et chacun de nous, pour peu qu'il retrouve la réplique exacte d'une senteur du passé, revivra, fulgurant, un moment d'exception.*

Tonino Benacquista/ Nos gloires secrètes

Elle jeta les échalotes et l'ail coupés en tous petits dés dans le mélange de beurre et d'huile qui commençait à fumer dans le faitout. Leur parfum embauma aussitôt la cuisine, dominant tout à coup l'odeur enivrante d'abricots mûrs qui émanait des tartes dorant dans le four.

C'était un peu comme une symphonie, lorsque les cuivres attaquent brusquement la mélodie paisible des instruments à cordes.

Nathalie Kerlezic soupira d'aise dans ce bain de senteurs. C'était l'une des raisons qui lui faisait aimer la cuisine : Les fumets, les bouquets, les odeurs, dans lesquels elle adorait se mouvoir, telle une plongeuse dans les eaux claires et chaudes d'un atoll des mers du sud.

Elle refusait d'ailleurs d'endosser une blouse de cuisinier, cette sorte de camisole qui handicape dans les mouvements, l'isolant de tous les effluves de sa cuisine. Elle préférait travailler en robe. Elle possédait toute une collection de robes larges et confortables, réservées à son travail, colorées et faciles à laver et elle les choisissait toujours en fonction de ce qu'elle voulait cuisiner. On ne mijote pas un curry dans la même tenue que l'on prépare un bar au sel !

Elle poussait même jusqu'à ne revêtir aucun sous-vêtement et elle se plaisait à penser que sa nudité secrète ajoutait du piment à sa cuisine. Seule Vanille était dans la confidence. Lorsque sa fille rentrait de l'école et venait en cuisine manger le goûter que Nathalie lui avait préparé, elle prenait plaisir à lui pincer la fesse en riant. En grandissant, elle n'avait plus beaucoup apprécié la nudité cachée de sa mère qui heurtait sa pruderie d'adolescente.

« Tu ne pourrais pas mettre des sous-vêtements comme tout le monde petite maman ? Je n'ose pas emmener mes amis ici quand tu cuisines !

« Mais personne ne le remarque, ma chérie. Tu es la seule à le savoir ! Laisse-moi ma liberté dans mon royaume !

Nathalie ajouta délicatement les Cocos de Paimpol aux échalotes dans le faitout et remua en versant un peu de bouillon. Ce matin, elle avait inscrit « Cassoulet de la Mer » sur l'ardoise du « Plat du Soir » et elle savait que le restaurant serait plein. Le laurier et le romarin qu'elle plongea dans les haricots déclenchèrent une nouvelle explosion de senteurs mais l'odeur des tartes aux abricots et au thym ne se laissa plus supplanter. Elles étaient prêtes !

Nathalie les sortit du four et sa gorge se nouât aussitôt à la vue du dessert : C'était la tarte préférée de Vanille. Elle revit le merveilleux sourire de sa fille lorsqu'elle lui avait promis d'en préparer une grande pour l'anniversaire de Louane, l'été dernier.

C'était la veille de son départ pour Bréhat. L'avant-veille de sa disparition.

## 2

*Les amis sont les anges qui nous soulèvent lorsque nos ailes n'arrivent plus à se rappeler comment voler.*

*Guillaume Musso, la fille de papier*

Marion Jolieu gara sa Mini Cooper sous les platanes qui bordaient le domicile de son amie et entra dans le beau bâtiment en pierres qui abritait le restaurant et l'appartement de Nathalie. La conseillère en immobilier et sa famille habitaient dans un quartier calme de Paimpol, et elle adorait parcourir le chemin qui la menait à Loguivy de la Mer, avec son fabuleux panorama que l'on découvrait au détour de la route en arrivant au village. Brusquement, l'archipel de Bréhat était là, tout près, comme une toile d'artiste tendue en guise de merveilleux décor pour ce petit port blotti entre les rochers.

Elle passa à côté de la cuisine et de ses odeurs délicieuses et se dirigea directement vers l'escalier en chêne qui menait à l'étage et à l'appartement de

Nathalie. Elle frappa quelques coups à la porte d'entrée entrouverte et se glissa sans plus attendre dans la grande pièce de vie à laquelle on accédait directement.

Le parfum fruité qui flottait dans le salon était en contraste total avec les odeurs de cuisine du rez-de-chaussée. Elle devina que Nathalie venait de prendre sa douche après avoir préparé le menu du jour. Elle la connaissait suffisamment pour savoir qu'elle s'aspergeait littéralement de ses parfums préférés.

Cela faisait près de quinze ans qu'elle connaissait son amie. Elle la revoyait encore, le jour où elles s'étaient rencontrées.

A l'époque, Marion venait d'ouvrir son agence immobilière et la jeune femme avait reçu par mail une demande de visite pour le Restaurant du Port à Loguivy, tout près de Paimpol. Le local était à louer depuis longtemps déjà et son état repoussait chaque intéressé. Gabin, l'assistant que Marion avait engagé pour la seconder, n'avait pas manqué de lui lancer :

« Si nous ne récupérons que des ruines dans ce genre à la vente et à la location, je me vois bientôt de nouveau prendre le chemin de Pôle Emploi ! »

Marion n'avait pas particulièrement apprécié l'humour cynique de Gabin mais avait dû se rendre à l'évidence qu'il ne serait pas facile de trouver un repreneur pour le bail de l'établissement.

Il pleuvait des cordes lorsqu'elle était arrivée au Restaurant du Port pour la visite, un peu avant dix heures. Le mois d'avril avait très mal débuté cette année-là et l'hiver n'arrivait pas à céder sa place au printemps. Des bourrasques s'engouffraient dans la salle du restaurant, emportant avec elles une pluie glaciale. Elle avait dû fermer totalement la porte qu'elle avait laissée jusque-là entrouverte et avait à peine perçu les petits coups frappés sur l'épais battant en chêne.

Devant l'entrée se trouvait une petite femme blonde, toute menue, portant dans ses bras une épaisse couverture bigarrée. Elle s'était engouffrée avec soulagement dans le bâtiment et c'est à ce moment que Marion avait remarqué l'adorable petit minois qui apparaissait entre les plis de la couverture.

« Bonjour, je suis Nathalie, » s'était présentée la jeune femme avec un grand sourire en tendant une minuscule main glacée à Marion.

« Et le petit paquet ici, c'est Vanille, ma jolie chérie de trois mois ! ».

Le bébé était absolument adorable, ses petites joues couleur café au lait semblaient faites de satin et sa bouche en cœur était légèrement entrouverte. Elle dormait paisiblement, ignorant les violences de la pluie et du vent.

Sa maman, elle aussi, resplendissait de joie de vivre, son sourire heureux et bienveillant contrastant curieusement avec les rigueurs du climat et le froid rébarbatif qui régnait dans le bâtiment.

Tout lui avait plu, la cuisine, le vieux mobilier branlant, le mur de pierres recouvert de toiles d'araignées. A ses yeux, il semblait que le restaurant resplendissait de modernité et de confort. A l'issue d'une longue visite interrompue par la tétée de Vanille, Marion et Nathalie s'étaient rendues à l'agence pour signer le bail, avant de partager un déjeuner qui avait scellé leur amitié naissante.

Nathalie avait transformé le vieux restaurant en un lieu convivial en relookant le vieux mobilier et en le décorant de nombreux objets hétéroclites. La jeune femme détenait une énergie apparemment sans limite et abattait un travail gigantesque parallèlement à ses taches de maman. Elle avait fait de son concept de « Plat du Soir » le nom du restaurant. La formule du menu unique changé quotidiennement avait rapidement conquis les gens du coin et elle s'était faite une clientèle fidèle et indépendante des flux touristiques, même si le restaurant attirait en été d'innombrables estivants.

L'amitié de Nathalie et Marion n'avait cessé de grandir avec le temps. Elles avaient maintenant toutes les deux la quarantaine et se considéraient un peu comme deux sœurs.

Nathalie sortit de la salle de bain avec un grand sourire à l'attention de son amie. Elle resplendissait littéralement dans une combinaison pantalon bleue marine qui mettait sa jolie silhouette en valeur. Restée très menue malgré sa profession et les années, elle aimait porter des talons hauts et les jolies sandales dorées qu'elle avait choisies ce soir-là lui offraient bien dix centimètres de plus que son mètre cinquante. Elle avait retenu ses cheveux blonds en une queue de cheval toute simple qui mettaient en valeur l'ovale de son visage et ses grands yeux verts.

« Tu es toujours si ponctuelle, c'est merveilleux ! Et merci de m'aider encore une fois… » Dit-elle en serrant Marion dans ses bras avec affection.

La serveuse du « Plat du Soir » avait une nouvelle fois fait faux bond à Nathalie et celle-ci avait dû appeler son amie à la rescousse.

« Pas de problème, ne t'inquiète pas ! En fait, j'aime bien servir dans ton resto ! Même si je ne pourrai jamais le faire perchée sur dix centimètres de talons comme toi !... » Répondit Marion en montrant d'un air goguenard les tennis qu'elle avait chaussés pour son service.

Son style vestimentaire était d'ailleurs totalement différemment de celui de son amie et elle préférait de loin un style sportif chic qui s'accordait bien mieux avec sa silhouette plutôt rondelette et son activité trépidante de conseillère immobilière de campagne.

Le visage de Nathalie devint grave : « Tu sais, j'ai décidé de prendre une apprentie. Je la logerai dans la chambre de Vanille… » Elle s'interrompit, apparemment submergée par l'émotion et incapable de poursuivre.

Marion savait que la chambre de Vanille était restée totalement inchangée depuis sa disparition, Nathalie ne pouvant se résoudre à ranger les affaires de sa fille.

Comme pour se donner du courage, elle inspira bruyamment avant de reprendre : « Je vais vider la chambre. » Dit-elle sans la regarder et en se dirigeant vers l'escalier qui menait au restaurant. « Allez, on y va ! Toutes les tables sont réservées ce soir ! »

## 3

*Le malheur c'est exactement la différence qu'il y a entre le rêve et le réel.*

*Jacques Brel*

Olivier introduisit la grosse clé dans la serrure, ouvrant la porte d'entrée de la vieille maison qu'il habitait en bordure du Trieux.

Il ne pouvait s'empêcher d'être déçu, même si la soirée avait été plutôt sympa. Il avait tant espéré se rapprocher de Nathalie à l'occasion de ce diner entre profs… C'était lui qui avait proposé « le Plat du Soir » pour cette rencontre informelle des professeurs du collège. Ils n'étaient pas tous là, bien sûr, mais les douze anciens de l'établissement avaient répondu présent. Ils organisaient régulièrement ces diners et Olivier les appréciait toujours. Ce soir pourtant il en avait attendu plus que les simples échanges avec ses collègues. Après le repas, il les avait laissés pour rejoindre Nathalie en cuisine. Il restait terriblement attaché à elle et espérait toujours relancer leur histoire. Depuis la mort de Vanille un an auparavant, elle avait refusé de le revoir et il regrettait tellement la douce intimité qui s'étaient instaurée entre eux au fil des années.

C'était la première femme avec qui Olivier se voyait vivre depuis son divorce et même si Nathalie avait toujours refusé ses projets de vie commune, il se réjouissait des moments qu'ils partageaient. Les derniers temps, ils étaient même partis ensemble en vacances, tous les trois, avec Vanille, et tout s'était passé dans la plus parfaite harmonie. L'adolescente semblait très bien accepter Olivier et assurait même être parfaitement satisfaite du choix de sa maman.

C'était d'ailleurs grâce à Vanille qu'ils s'étaient rencontrés, puisqu'il avait été son professeur de Français au collège qu'elle fréquentait à Paimpol. Lors des entretiens Professeurs-Parents, il avait vu arriver la petite métisse alors âgée de 10 ans accompagnée de sa jolie maman blonde. Il y avait peu à dire sur les résultats de Vanille qui était une excellente élève et incroyablement douée en Français. Tout naturellement, Nathalie lui avait raconté son retour en France dix ans plus tôt après plusieurs années passées sur une petite île des Antilles. Sans aucune gêne et en riant, elle avait raconté que le papa de Vanille aimait beaucoup les femmes et qu'elle lui avait rendu une liberté à laquelle il n'avait, en fait, jamais renoncé. Elle avait décidé de revenir en Bretagne parce que la région lui manquait et parce qu'elle en avait assez de la chaleur.

Pour lui, cela avait été le coup de foudre. Complètement sous le charme, il avait eu bien des difficultés à interrompre leur discussion pour laisser la place aux autres parents qui s'impatientaient dans le couloir.

Olivier était devenu un client assidu du « Plat du Soir » et une idylle était rapidement née entre eux deux. Tout allait pour le mieux… jusqu'à cette terrible journée d'Août où Nathalie l'avait appelé en larmes pour lui apprendre qu'on venait de repêcher le corps de sa fille.

Depuis, Nathalie avait changé. Elle s'était coupée du monde et même si elle continuait à sourire dans son restaurant, il savait qu'elle restait enfermée dans sa souffrance. Après le décès de Vanille, elle avait refusé de le revoir, argumentant que leur couple n'avait plus aucun sens et qu'elle serait dorénavant incapable de le rendre heureux.

Et ce soir, dans sa cuisine, elle lui avait répété avec un triste sourire que pour elle, leur histoire était terminée et qu'il valait mieux qu'il cherche une autre compagne…

# 4

*Le monde tout entier ressemblait à ce jeu de couleurs : il suffisait de retirer une mince feuille grisâtre de mauvais souvenirs et la joie éclatait.*

*Andrei Makine*

Louane Le Gall fut réveillée par le sifflement de son smartphone. Le soleil inondait déjà sa chambre et elle crut discerner les cris de sa petite sœur qui jouait avait son amie sur la grève. La mer devait être haute et les filles se baignaient sans doute juste au bas de la maison. La jeune fille tendit la main vers le haut de son oreiller pour saisir son portable. Ce devait être un message de Thomas. Elle se força à ouvrir les yeux pour le lire et aperçu l'heure juste avant d'ouvrir What'sapp. Il était déjà 11h54... Elle ne put s'empêcher de sourire de bonheur en lisant le message amoureux constellé d'émoticons que son copain lui avait envoyé. Son pouce se mit en marche, mu d'une activité fébrile qui contrastait totalement avec l'immobilité de son corps, toujours allongé sous sa couette rose pâle.

Satisfaite de l'envoi de sa réponse, elle se leva d'un bon, s'approcha de la fenêtre et l'ouvrit pour sortir sur la terrasse. La villa surplombait la petite crique sauvage de l'île de Bréhat, où Sarah, la jeune sœur de Louane, se baignait avec une amie. Le soleil de midi inondait le jardin, intensifiant le bleu des agapanthes, le vert du parfait gazon et le turquoise de la mer, et transformant le paysage en une véritable carte postale un peu kitch.

« Enfin réveillée, ma chérie ? » La mère de Louane lisait sur un transat et la gratifia d'un grand sourire bienveillant.

Louane savait qu'elle se faisait beaucoup de soucis à son propos, la jeune fille sortant tout juste de la grave dépression qui l'avait terrassée à l'automne dernier. Elle n'avait pu reprendre l'école qu'au mois d'avril après un séjour de plusieurs mois en clinique et sans le soutien de Thomas, elle y serait peut-être encore…

Demain, on fêterait son quinzième anniversaire … et le premier anniversaire de la disparition de sa meilleure amie Vanille. Pour qu'elle ne pense pas trop à la tragique soirée de l'année passée, ses parents avaient prévu une petite croisière dans les îles anglo-normandes. Elle pensa qu'elle avait vraiment de la chance d'avoir des parents si aimants. Elle aurait parfois voulu être capable de se réjouir plus, de transpercer ce voile grisâtre qui lui semblait toujours recouvrir le paysage de sa vie. Rien ne lui manquait. Elle avait tout, et pourtant, il lui était toujours si difficile de laisser éclater sa joie, comme le faisait Vanille…

« Papa est parti préparer le bateau ! Le temps est merveilleux. Ça va être superbe ! Tu devrais te baigner avant le déjeuner, l'eau est délicieuse. » Lança Marie-Annick Le Gall à sa fille.

« Je vais plutôt commencer à préparer mes affaires. Thomas arrive par la vedette de trois heures. Je veux être prête d'ici là. » Elle rentra dans sa chambre et sentit la pression des larmes dans ses yeux. C'était tellement dur d'être ici. Elle n'avait pas imaginé que ce serait si difficile de se retrouver dans cet endroit maintenant imprégné de la douleur du drame, même si elle était terriblement attachée à ce lieu où elle passait l'été depuis toujours et qui représentait pour eux tous leur refuge familial.

La villa avait toujours été la propriété de la famille de son père. Ses grands-parents, des entrepreneurs rennais, l'avaient construite au début des années cinquante en bordure d'une jolie baie du sud de l'île. D'autres belles villas côtoyaient « La Rose des Vents », construites à la même époque par des artistes ou des industriels. La plupart avaient été vendues et rares étaient celles qui étaient restées dans la famille de leur propriétaire initial.

Certaines de ces jolies maisons de vacances étaient devenues au fil de leurs rénovations répétées des villas de grand luxe, entourées de hauts murs truffés de caméras. Une villa voisine de « la Rose des Vents » était de celles-là. Située sur la face opposée de la petite baie, elle avait été rachetée depuis peu par un homme politique et était sécurisée au maximum.

Le bateau des le Gall, ancrait à « la Chambre » un mouillage protégé des vents non loin de la villa. Le « Gwenn Bleiz », le loup blanc, était un joli voilier classique de douze mètres que le grand-père de Louane avait acheté vingt ans auparavant. Lors d'une récente rénovation, on lui avait redonné toute sa splendeur et on l'avait accastillé de tous les équipements dernier cri. Marie-Annick et François Le Gall s'étaient rencontrés à un stage de l'école des Glénans, ils avaient navigué avec leurs enfants dès leur plus jeune âge et toute la famille était passionnée de voile.

« Cette petite croisière sera certainement formidable » se dit Louane tout fort, comme si elle voulait un peu s'en persuader.

Elle allait se préparer. Tout irait bien…

## 5

*Certains souvenirs se refusent à sombrer dans l'oubli, quels que soient le temps écoulé ou le sort que la vie nous ait réservé. Des souvenirs qui gardent toute leur intensité et restent en nous comme la clé de voûte de notre temple intérieur.*

Haruki Murakami , Kafka sur le rivage

Nathalie terminait de briquer sa cuisine. Il était déjà minuit passé et Marion était partie depuis plus d'une heure.

Elle aimait ce moment après le service, lorsque le restaurant, de nouveau désert, retrouvait son silence et son intimité. Mais ce soir, la tristesse l'accablait et elle s'acharnait sur l'aluminium de sa cuisine, frottant de toutes ses forces pour faire briller le métal, pour se défouler, s'épuiser, se perdre dans cette tâche aussi fatigante qu'inutile.

Elle se sentait partir à la dérive, et la visite d'Olivier ce soir, n'avait fait qu'ajouter à son désarroi. La belle voix grave de son ancien compagnon l'avait profondément émue et elle avait été surprise de sentir son cœur battre la chamade. Mais elle savait qu'elle n'était plus apte à aimer depuis le drame et ne le serait peut-être plus jamais. Son cœur avait été brisé un an auparavant, lorsqu'elle s'était retrouvée devant le corps horriblement abîmé et sans vie de sa fille.

Elle se devait de rendre sa liberté à Olivier. Elle n'habitait plus dans le même monde que lui.

Elle revivait sans cesse les douloureux moments de la mort de Vanille : Le temps ensoleillé, la chaleur si exceptionnelle pour la Bretagne, l'invitation à l'anniversaire de sa meilleure amie Louane, le bonheur de Vanille, son insouciance et sa joie débordante…

Elle la revoyait préparer son sac à dos, choisir ses vêtements préférés en écoutant Maitre Gims à tue-tête… Elle devait passer six jours à Bréhat, dans la villa de la famille de Louane, où se déroulait la fête pour son quatorzième anniversaire, et elle avait emporté des vêtements pour 3 semaines…

Vers quinze heures, Nathalie l'avait conduite à l'embarcadère avec sa Kangoo jaune. Vanille trépignait d'impatience et elle lui avait à peine dit au revoir avant de s'élancer sur la jetée où attendait la vedette, ses longs cheveux crépus voletant dans le vent.

Nathalie était heureuse de voir sa fille si joyeuse et elle l'avait regardée partir, ses longues jambes café au lait mises en valeur par son mini-short en jean, son sac à dos surdimensionné accroché à ses frêles épaules et le carton contenant la tarte aux abricots en équilibre instable sur son bras gauche.

Vanille avait énormément grandi les derniers temps, dépassant allégrement la taille de sa mère d'une bonne tête. Son corps s'était aussi complètement modifié, s'enjolivant d'une belle poitrine, d'un petit derrière rebondi et d'une taille hyper fine. Mais le plus fascinant restait son regard vert clair qui subjuguait ses interlocuteurs. Beaucoup de gens, garçons, hommes et femmes se retournaient sur la jeune fille, ce qui ne manquait pas d'effrayer un peu Nathalie. Vanille, elle ne le remarquait pas et se trouvait sans arrêt de nouveaux défauts et complexes.

« Je suis moche comme un pou, Maman. Qui veux-tu qui m'agresse ? »

Nathalie arrêta de nettoyer et jeta son torchon d'un geste rageur dans un coin de la pièce. Elle se demanda si elle aurait la force de ranger et vider la chambre de Vanille, comme elle avait projeté de le faire le lendemain et le surlendemain, le restaurant étant fermé le dimanche et le lundi.

Elle s'était engagée à fournir une chambre pour la jeune apprentie qu'elle recevrait dans quelques semaines. Il fallait qu'elle s'attaque à cette pièce, à l'entrée de laquelle trônait encore l'énorme sac à dos de Vanille, tel un rappel immuable de ce tragique voyage à Bréhat.

# LUNDI

6

*On ne peut pas liquider les souvenirs d'un simple coup de balai. Ils restent en nous, tapis dans l'ombre, guettant le moment où l'on baissera la garde pour ressurgir avec une force décuplée.*

Guillaume Musso

Marion avait beaucoup pensé à Nathalie la veille. Elle se l'était imaginée, vidant l'armoire bleue de Vanille de tous les vêtements qui s'y trouvaient encore, entassant les livres de sa bibliothèque dans des cartons...

Elle l'avait appelée pour l'inviter à se joindre à eux pour un pique-nique sur la plage Bonaparte. La journée était superbe et la chaleur était de retour. C'était Patrick, son mari, qui avait eu l'idée de ce déjeuner en plein air. Leur fils Louis avait quelque peu protesté, pour faire honneur à sa mauvaise humeur d'adolescent, mais bien vite l'enthousiasme l'avait gagné lui aussi face à la superbe étendue de sable que la mer découvrait peu à peu. La mer était d'huile et c'est avec délice que la petite famille s'était baignée, Louis retrouvant pour la journée la passion insatiable de son enfance pour l'eau et le sable.

Nathalie n'avait pas voulu se joindre à eux, et Marion avait tout de suite décelé la détresse dans sa voix, malgré le ton enjoué qu'elle s'efforçait de prendre.

Le lundi matin, elle avait pris le chemin du « Plat du soir » dès neuf heures, après avoir acheté deux pains au chocolat tout chauds, dont l'odeur alléchante embaumait sa voiture. Comme à son habitude, Nathalie n'avait pas verrouillé la porte d'entrée et elle trouva son amie assise sur le tapis chamarré de la chambre de Vanille, entourée d'un capharnaüm de sacs, de chaussures, de livres et de photos.

« Je vois que tu n'as pas terminé le rangement » dit-elle un peu ironiquement avec un sourire affectueux.

Nathalie tourna la tête vers elle et lui envoya un regard désespéré. « C'est encore pire que ce que j'attendais ! » Dit-elle d'une voix rauque et à peine audible.

« Je nous prépare un café et je viens t'aider. Je suis en vacances et j'ai déjà tout préparé pour notre départ. A deux, nous aurons terminé ce soir ! » Marion déposa son sac à main et se dirigea vers la petite cuisine de l'appartement.

Les deux amies travaillèrent sans relâche jusqu'en fin d'après-midi. Marion était allée chercher des cartons d'emballage vides stockés par Nathalie à la cave et elles y avaient rangé tous les livres, les affaires de classe, les bibelots de Vanille. Elles avaient entassé tous les vêtements dans des sacs poubelle noirs que Marion avait promis de déposer à la Croix-Rouge.

La jolie chambre jaune-pâle semblait peu à peu perdre de sa personnalité, l'ombre de Vanille s'effaçant toujours plus au gré des heures.

Le visage de Nathalie retrouvait peu à peu quelques couleurs. La détermination et l'efficacité de Marion lui faisait du bien.

« Tu devrais décrocher les posters des murs pendant que je porte tout ça dans le Kangoo. Si tu veux bien, nous échangeons les voitures ce soir. Comme ça, je pourrai déposer les sacs et les cartons à la Croix Rouge. »

« Bien chef ! Mais je vais t'aider à charger.» répondit Nathalie avec un pâle sourire. Une fois le Kangoo chargé et Marion partie, Nathalie remonta dans son appartement. Elle se sentait un peu abattue mais malgré tout satisfaite d'avoir enfin réussi, grâce à l'aide de sa chère amie, à débarrasser la chambre sanctuaire.

Un seul carton trônait encore dans la pièce maintenant vide. Nathalie y avait rassemblé quelques objets trop imprégnés de la personnalité de sa fille pour qu'elle puisse envisager de s'en séparer : Un petit cadre où Vanille avait peint sa plage préférée des Antilles, l'Anse Crochet. Elle y avait collé du sable qu'elle avait rapporté de cette plage et représenté les rochers avec des cailloux provenant de l'île. Nathalie la revoyait encore, concentrée sur son travail, en communion parfaite avec ses souvenirs de mer chaude et de soleil. Elle avait aussi gardé certains de ses livres préférés. Vanille adorait faire la lecture de ses passages préférés à sa mère et Nathalie entendait encore sa jolie voix, s'appliquant à mettre le ton, soulignant par des graves les passages dramatiques et mettant en scène les dialogues qu'elle aimait, modifiant le ton pour imiter les personnages les plus cocasses. Elle transformait ainsi parfois la cuisine de Nathalie en un théâtre dramatique ou comique, invitant même sa mère à lui rendre la réplique tout en cuisinant. C'est ainsi que « Le plat du soir » avait donné la vie à une cassolette de Saint Jacques assaisonnée à « Phèdre » de Racine et un Tiramisu au caramel saupoudré des instants les plus terribles de « Shining » de Stephen King.

Elle avait aussi gardé quelques vêtements de Vanille: son sweat-shirt préféré, qu'elle enfilait le matin sur son pyjama pour venir déjeuner et cette si jolie robe à sequins qu'elles avaient achetée ensemble pour le réveillon de la Saint Sylvestre.

En entrant dans son dressing pour y déposer le carton, Nathalie tomba presque sur le sac à dos de Vanille, qu'elle avait poussé la veille dans la pièce pour mieux accéder à l'armoire dans la chambre de sa fille. Elle l'avait complètement oublié et le bagage un peu difforme que la police lui avait rapporté après le drame semblait la narguer avec les terribles souvenirs qu'il appelait en elle.

Elle décida de le vider tout de suite, impatiente de terminer pour de bon cette douloureuse épreuve. Elle desserra les liens qui fermaient le haut du sac, laissant apparaitre son contenu chaotique. La gendarmerie s'était fait remettre les affaires de Vanille par les Le Gall et avait probablement entassé pêle-mêle tous les vêtements et objets de toilette, après les avoir examinés. Nathalie en sortit les tennis, les vêtements sales et froissés et les mis directement dans un nouveau sac poubelle noir. Son cœur se serra une fois de plus lorsqu'elle eut entre ses mains la dernière tenue dans laquelle elle avait vu Vanille, son mini-short en jean et son débardeur fluo. Après un bref coup d'œil dans la trousse de toilette, elle en jeta son contenu déjà attaqué par la moisissure. La doublure moirée de la trousse se détacha et une petite feuille, pliée en quatre, tomba sur le sol.

Nathalie la ramassa et la déplia, ses doigts brusquement pris d'un léger tremblement. Sur le papier était écrit à la main :

*«Ce soir, au bain de minuit...*

*G. »*

Nathalie en eu le souffle coupé. Qui avait écrit ce mot ? Se pouvait-il que la gendarmerie ne l'ait pas découvert ? Avait-elle seulement inspecté ces affaires ?

Elle revit en accéléré la chronologie de ces terribles journées d'aout : l'appel de Marie-Annick Le Gall le lendemain de la fête d'anniversaire à six heures du matin pour prévenir Nathalie de la disparition de Vanille, son arrivée précipitée à Bréhat, les questions du Capitaine Legrand qui était persuadé que Vanille avait fugué...

Et puis les jours et les semaines d'angoisse. L'attente d'un signe de vie, les faux espoirs, le portable qu'elle ne quittait plus. Incapable de travailler, elle avait fermé le restaurant et passait l'intégralité de son temps à appeler les amis de Vanille, son père aux Antilles, sa famille, ses lointaines connaissances. Et puis à attendre…

Un matin au début de Septembre, l'appel de la gendarmerie. Le corps d'une jeune fille de couleur avait été retrouvé par un pêcheur de Loguivy.

Nathalie arrivant sur les lieux. Le port déjà isolé par des rubans jaunes.

Et puis l'horreur : Le visage de Vanille. Cireux. Les plaies béantes, son corps nu gonflé par son séjour sous les eaux.

Le légiste qui l'examinait. Un gendarme qui photographiait…

A ce moment Nathalie avait compris que quelque chose en elle était détruit à tout jamais.

# MARDI

## 7

*"La valeur d'un trésor réside dans son secret."*
Suzanne Martel /Premières armes

La mer était terriblement chaude, anormalement chaude. Nathalie était entrée dans l'eau sans hésiter et elle nageait maintenant dans une immensité claire et turquoise. Brusquement, apparut une forme blanche et visqueuse. C'était un peu comme un grand sac de plastique qui flottait entre deux eaux. Nathalie se dit que la pollution était vraiment partout. Elle partit dans une autre direction mais la forme la suivit et il semblait même qu'elle gagnait du terrain. Nathalie nagea plus vite pour échapper à cette masse blanche, qui semblait grandir à chaque seconde un peu plus.

Elle était fatiguée, et elle ne voyait plus la côte. Il n'y avait que de l'eau autour d'elle, que cette immensité bleue et chaude. Brusquement, un voilier apparut au loin. Il venait vers elle, s'approchait rapidement. Nathalie lui fit des signes et cria. Elle était épuisée, essoufflée, et l'eau envahit sa bouche, une eau si chaude et si salée. Mais la forme blanche approchait. Elle était énorme et Nathalie pouvait maintenant voir la matière visqueuse qui la formait. La coque du voilier se rapprocha mais il ne ralentit pas et passa à quelques mètres seulement, l'inondant de son sillage qui l'engloutit. Elle se retrouva sous l'eau, luttant contre les flots qui pénétraient dans sa bouche ouverte. Et la forme arriva. Elle était énorme et elle l'enveloppa complètement. Nathalie essaya de crier mais la bête blanche l'emporta dans un tourbillon au fond de cette mer si chaude…

Nathalie se réveilla trempée, le cœur battant à rompre, de nouveau en proie à ses pires cauchemars. Abandonnant l'idée de se rendormir, elle s'appliqua à respirer profondément pour retrouver son calme. Mais bientôt, le drame de l'été précédent envahit de nouveau ses pensées.

Que signifiait ce petit mot retrouvé dans la trousse de toilette de Vanille ? Datait-il de ce séjour à Bréhat ? Sa fille avait-elle rendez-vous avec quelqu'un ? Qui était ce « G. » ?

Après la découverte du corps de Vanille, la police avait conclu à un accident, une noyade survenue lors du bain de minuit que Louane et ses amis avait pris pour clôturer la soirée. Tous les invités de Louane le confirmaient : Vanille s'était rapidement éloignée du groupe, crawlant à grande vitesse vers le large. Elle était une excellente nageuse depuis sa plus tendre enfance et elle adorait nager vite et loin. Ni Louane ni ses parents ne s'étaient inquiétés de la voir se diriger dans la nuit vers le centre de la baie, étant habitués aux prouesses de Vanille. Ce n'est que lorsque celle-ci ne revenait toujours pas, alors que tous les baigneurs se séchaient en riant sur la grève, que l'alerte avait été donnée. Les Le Gall avaient sorti l'annexe de leur voilier pour rechercher la jeune fille et, revenus bredouilles, ils avaient prévenus les pompiers. La SNSM, les sauveteurs en mer, avaient repris les recherches dès le lever du jour, sans succès.

Vers cinq heures, Nathalie se leva, renonçant définitivement au sommeil, pour relire le message découvert dans les affaires de Vanille.

Louane pourrait-elle élucider le mystère de ce petit bout de papier ? Celui-ci avait-il un rapport avec la disparition de sa fille cette nuit-là ? Vanille était devenue un peu secrète cet été-là mais Nathalie ne s'en était pas offusquée, trouvant très naturel que la jeune fille ne raconte plus tout à sa mère.

Elle se souvenait comment elle-même s'était un peu éloignée de ses parents à l'adolescence. Prise entre son romantisme et ses rêves de voyages, elle étouffait plus ou moins dans ce village de Pleubian où elle était née. Elle se prenait parfois à se retrancher dans son monde secret dans lequel ni son père, ni sa mère n'avait accès. La mer, toujours présente dans la Presqu'île Sauvage où elle habitait, était devenue pour elle la porte de la liberté. C'est à ce moment qu'elle s'était mise à la voile, tout d'abord lors de plusieurs stages à l'école des Glénans à Paimpol, puis plus tard, ayant rapidement gravi les échelons, en tant que monitrice. Son père lui avait déjà donné l'amour de la mer lorsqu'il l'emmenait avec lui à la pêche, mais la voile lui avait donné l'amour du vent. Le vent c'était pour elle la liberté, le départ, l'absence de toutes limites. Ses parents avaient compris et accepté son besoin d'indépendance et lorsqu'elle leur avait annoncé son départ pour les Antilles, après l'obtention de son CAP de cuisinière, elle n'avait entendu ni reproche ni mise en garde. Seule la brillance inhabituelle dans le beau regard clair de sa mère et la tendresse farouche avec laquelle son père l'avait serrée dans ses bras avaient traduit l'émotion profonde qu'ils ressentaient.

Nathalie se rendit dans la chambre maintenant vide de Vanille. Les premières lueurs du jour apparaissaient déjà, enrobant le port de sa doucereuse lumière et inondant la pièce d'une pâle clarté. La chambre de la jeune fille était le seul endroit d'où l'on apercevait la mer et son scintillement se reflétait sur une partie du mur. Les portes de l'armoire s'ouvraient sur les étagères et la penderie vide. Le lit était défait, les rayonnages accrochés au-dessus du bureau avaient perdu leurs livres et leurs bibelots et la pièce revêtait une aura un peu lugubre dans cette demi-pénombre. Nathalie alluma la lumière.

« Je vais rouler le tapis et le descendre à la cave. » pensa-t-elle. « Je vais re-décorer complètement cette chambre ! »

Ayant transporté le tapis au motif chatoyant à la cave, elle commença à passer l'aspirateur sur le parquet maintenant complètement découvert. A l'endroit où avait reposé le tapis, quelques lattes étaient descellées et se relevaient légèrement à leur extrémité, accrochant le balai de l'aspirateur. Il faudrait les reclouer ! Nathalie avait dû réparer un dégât analogue dans sa propre chambre et s'était procurée pour ce faire de tout petits clous de menuisier. A quatre pattes sur le sol, elle examina le parquet. Deux des lattes semblaient totalement désolidarisée du reste du plancher. Elle les retira sans aucune difficulté, mettant à jour un petit espace aménagé entre deux traverses.

Un sac de moire fermé par un ruban était logé dans la cachette et Nathalie le sortit avant de desserrer le lien de ses doigts nerveux. Elle retourna le sachet. Un carnet de petit format, épais et relié de cuir rouge en sortit ainsi qu'un joli galet parfaitement rond qui roula sur le sol.

Nathalie ouvrit le carnet et reconnu aussitôt l'écriture de sa fille.

# 8

*"En fait, un journal intime, c'est fait pour être lu : on le cache mal en espérant que quelqu'un le trouvera."*

Agnès Desharte

*6 Juillet*

*Enfin les vacances !!! Je suis tellement contente ! J'ai décidé de commencer à écrire mon journal.*

*Je me sens bien dans mon corps en ce moment. C'est assez rare pour que je le dise...*

*Je me sens femme. Maman dit que je fais beaucoup plus vieille que mon âge. Je ne suis pas sûre qu'elle ait raison. Bon, quand je compare avec mes copines de classe effectivement... Louane et moi nous sommes les seules à ne plus avoir l'air de petites filles je crois... surtout moi !*

*Clothilde dit que c'est mon sang noir qui fait ça. Que les filles colorées sont formées plus jeunes. J'en ai parlé à Maman et elle a ri !*

*J'ai hâte d'être à la semaine prochaine. Louane m'a invitée dans leur maison de Bréhat pour le 14 Juillet. La famille Le Gall y sera jusqu'à la fin août, comme tous les ans. J'adore les Le Gall. Ils sont super gentils et leur maison est un rêve ! Peut-être qu'ils m'emmèneront avec eux en voilier comme l'année dernière...*

*Et puis Louane va fêter ses 14 ans début aout. Elle voudrait faire une grande fête cette année. Elle veut inviter plein de gens. Thomas par exemple... elle est amoureuse de lui. Elle me l'a dit. Et d'ailleurs je crois que lui aussi est amoureux d'elle.*

*Nous croisons sa classe le jeudi après-midi quand ils reviennent de sport et j'ai bien vu qu'il regarde toujours Louane. Ça la fait rougir... Il est pas mal et il a l'air gentil. Moi je ne suis amoureuse de personne. Pas encore. Ça viendra peut-être un jour. Je suis difficile. Je n'aime pas les garçonnets... Même Thomas, qui a 2 ans de plus que Louane, je le trouve un peu jeune !*

*10 Juillet*

*Qu'est-ce qu'il y a comme monde en ce moment en Bretagne ! J'adore. C'est super !*

*Plein de beaux mecs aussi... Hier à la plage il y avait tout un groupe de jeunes marcheurs. Des étrangers d'un peu partout. Il y avait des Anglais, des Suédois, des Italiens, des Allemands. Ils devaient avoir dans les 20 ans. Ils se sont rencontrés il y a quelques années sur un chantier international et se retrouvent chaque été pour marcher. J'ai discuté longtemps avec eux. Ils ont dit que je parle bien Anglais. J'étais très fière ! Il y avait un Suédois très mignon...*

*Il m'a même demandé si j'avais envie de venir marcher avec eux !...*

*J'ai raconté ça à Maman le soir et elle m'a dit que je pourrai moi aussi faire un chantier international quand je serai plus âgée.*

*J'ai un peu l'impression que tout ce qui est intéressant arrivera dans quelques années seulement. A 13 ans on ne peut rien faire... Et pourtant moi je voudrais faire tant de choses. Je n'ai vraiment pas l'impression d'être trop jeune ! J'ai envie de partir, d'explorer le monde, de défendre les gens qui en ont besoin. En classe, nous avons parlé de la déforestation et des conséquences pour l'environnement et pour les populations indigènes. J'aimerais tant partir les défendre !*

*Tout cela est révoltant !*

*Lorsque partir devient le mot magique*
*Qui ouvre les portes des monts d'Afrique,*
*Lorsque l'inconnu allume des frissons*
*Dans l'échine des dieux-démons*
*La liberté-ivresse s'écoule des murs fissurés*
*Et l'impudeur sublime ses désirs inavoués.*

*Fascination divine de six lettres accolées*
*L'inexistence attire comme l'aimant du rien.*
*Je veux cracher des larmes de rêves rêvés,*
*Je veux tuer dans l'œuf des barrières à franchir*
*Je veux affirmer ma volonté sans fin*
*De courir dans un champ en hurlant*


*17 Juillet*

*Cela fait toute une semaine que je n'ai pas écrit ! J'ai l'impression qu'il s'est écoulé des mois.*

*Je suis tellement heureuse...*

*HEUREUSE !!!*

*Enfin je l'ai rencontré, « mon doux, mon tendre, mon merveilleux Amour... »*

*Je savais qu'il viendrait, je le sentais. Lorsqu'il me regarde, j'ai l'impression que mon cœur va imploser !*

*Tu m'as offert la clé d'un monde nouveau pour moi et j'ai ouvert la porte d'un antre ruisselant. Je veux le tapisser d'une moire de joie et en faire le refuge de mes soifs insolentes.*

*B  O  N  H  E  U  R*

*20 Juillet*

*Je dépéris d'amour ! Je n'ai même pas son numéro pour lui envoyer un message.*

*J'espère tant le revoir... Je n'en peux plus d'attendre ! J'aime porter ce doux secret. Il donne à mon amour encore plus de profondeur.*

*Il m'a dit que j'étais belle ! Que mes yeux le fascinaient, que ma peau était comme du satin... Je réentends chacun de ses mots, revois chacun de ses gestes.*

*Je ne sais pas quel âge il peut avoir... peut-être vingt-cinq ? Peut-être plus...*

*Lorsqu'il m'a demandé d'où je venais, je lui ai répondu « des Antilles ». Je lui ai raconté que je visitais l'Europe avec mon sac à dos et que je logeais à Bréhat chez une amie... Bon, c'est un mensonge, mais je voulais me donner un peu plus de mystère... Et puis c'est à moitié vrai ! Je ne suis pas obligée d'ajouter que ma mère tient un resto au port d'en face...*

*En fait, j'ai aussi un peu modifié mon âge... Je lui ai dit avoir 19 ans. Tout le monde dit toujours que j'ai l'air plus âgé... Et puis ça ne fait que 5 ans de plus ... J'aurai bientôt 14 ans moi aussi !!*

*Pendant que le bouquet final du feu d'artifice éclatait au-dessus de nous, il m'a serrée très fort. Et puis, il est parti, en me disant « A bientôt ».*

*Je n'ai même pas son numéro !!!*

Nathalie s'était assise à même le sol, sur le parquet nu de la chambre et tournait lentement les pages du carnet rouge. Vanille ne lui avait jamais raconté qu'elle écrivait son journal. Mais en fait, c'était de son âge. Nathalie, elle aussi, avait noirci des cahiers entiers de son écriture serrée, essayant ainsi de donner plus d'importance à sa petite vie d'écolière. Pourtant elle se sentait un peu peinée que sa fille le lui ait caché.

Secouée par ces lignes posthumes, elle décida d'emporter le contenu de la niche secrète dans la cuisine et de se faire un café pour continuer sa lecture. Il ne lui restait que quelques pages à lire, le carnet n'étant utilisé qu'à son début.

*24 Juillet*

*Je n'ai pas tenu. Je suis retournée ce matin à Bréhat par la vedette de 10 heures. Malheureusement, les Le Gall étaient absents, partis en bateau. Du coup je suis allée nager seule dans la baie à côté de chez eux. La mer était haute. Et juste avant midi, victoire !! Il est arrivé pour se baigner. Je crois qu'il habite par-là lui aussi. Mais lorsque je lui pose des questions, il ne veut pas y répondre...*

*Je crois qu'il entretient son côté bel inconnu. Un peu comme moi d'ailleurs...*

*Je connais seulement son prénom : Giorgio ! Ça fait très Italien ! Et cela va avec ses yeux noirs et sa belle tignasse brune. Il est tellement beau ! Lorsqu'il sourit, c'est à tomber !*

*Nous avons nagé ensemble. Je nage mieux que lui ! Il avait beaucoup de mal à me suivre. Et puis après, il m'a attrapé derrière un rocher et il m'a embrassée ! Mon premier baiser... C'était délicieux. Mais j'ai fait comme si j'étais un peu blasée... A 19 ans, bien sûr, j'ai de l'expérience !*

*Il m'a demandé si je restais pour la nuit mais j'ai dit que j'avais rendez-vous avec des amis le soir à Paimpol. J'ai un peu peur. Je n'ose pas... Pas encore !*

*Je lui ai dit que je revenais le 3 Août pour l'anniversaire d'une amie... J'ai même failli lâcher* que c'est son quatorzième anniversaire…Oups !!! J'ai dit que je resterai à Bréhat toute la semaine et qu'on pourrait se revoir. Chez lui aussi il y a une fête ce weekend-là. Mais ce n'est pas son anniversaire. Ça, il me l'a quand même dit…

Maman m'appelle. Il faut que j'arrête d'écrire. Parfois j'ai envie de lui raconter ma rencontre avec Giorgio… Mais j'ai peur qu'elle se fasse du souci. Elle s'imagine toujours des trucs pas possibles ! Et je ne veux surtout pas qu'elle m'interdise d'aller à Bréhat !

Le 2 Août

Enfin ! Demain je pars chez Louane ! Et surtout je vais bientôt revoir Giorgio !

J'ai préparé mes affaires, j'ai acheté un peu de maquillage et même… des préservatifs ! Je ne suis pas certaine d'en avoir besoin mais je veux être prête si jamais… J'ai lu 3 fois la notice pour être sûre de bien comprendre.

Bon, ça me panique complètement !

*Je n'ai pas parlé de Giorgio à Louane. Elle ne comprendrait pas. Elle est partie dans son amourette avec Thomas. C'est vraiment pas le même niveau ! Et puis je ne veux pas qu'elle en parle à sa mère. Madame Le Gall appellerait peut-être Maman...*

*Non, Giorgio restera mon doux secret ! Pour le moment en tous cas...*

Nathalie referma le carnet. Là s'arrêtait le journal... Atterrée par sa lecture, elle avait délaissé son café.

Comment avait-elle pu ne pas voir l'émoi de sa fille, elle qui s'imaginait tout sentir, tout savoir de son enfant... Se pouvait-il que cet homme ait quelque chose à voir avec la noyade de Vanille ? C'était probablement lui qui avait écrit le petit mot retrouvé dans ses affaires ... G. comme Giorgio ! Que devait-elle faire ?

## 9

*Le malheur, le remords et la honte, peuvent condamner un homme à porter un masque qui l'étouffe, et qu'il tremble de voir tomber.*

*Louis Joseph Mabire ; Le dictionnaire de maximes (1830)*

Le Capitaine Legrand se rassit et saisit instinctivement son briquet. Encore jamais depuis qu'il avait arrêté de fumer, l'envie d'une cigarette s'était fait sentir aussi cruellement.

Il laissa échapper un énorme soupir, recherchant à se libérer du poids qui oppressait sa poitrine.

Des mois durant, il avait craint cette visite, mais le temps passant, sa peur avait fini par disparaitre.

Dès qu'il était arrivé sur le parking de la gendarmerie de Paimpol peu avant huit heures, il avait reconnue Nathalie Kerlezic. La petite femme attendait, assise bien droite dans la voiture dont la porte était ouverte.

Il s'était aussitôt approché du véhicule pour la saluer. Son grand sourire s'était effacé lorsqu'il avait vu le visage grave et défait de Nathalie. « Je vous attendais», dit-elle d'une voix sourde.

Dès qu'ils s'étaient installés dans son bureau, elle avait sorti un petit carnet ainsi qu'un morceau de papier plié en quatre de son sac à main. « Je les ai trouvés en rangeant les affaires de Vanille. Je n'avais pas touché à la chambre depuis sa disparition... Et depuis que j'ai lu son journal, je pense que la mort de ma fille n'était peut-être pas accidentelle ! »

Legrand avait feuilleté en silence les pages du carnet. Il n'avait pu réprimer un léger tremblement de ses doigts lorsqu'il avait déplié le message.

« Le corps de Vanille a été autopsié. Je n'ai jamais lu le rapport... » continua-t-elle sans détacher son regard du sien.

« Le dossier a été fermé depuis longtemps, Madame Kerlezic. Le rapport du légiste ne faisait état que des blessures que le corps a subi durant son immersion. Sa lecture n'aurait fait qu'ajouter à votre douleur. Votre fille s'est noyée ! Vous savez comme moi que les courants peuvent être terribles autour de Bréhat par forte marée... »

Legrand avait eu du mal à soutenir le regard de Nathalie et il s'était levé pour mettre la machine à café en marche.

« Ma fille était une excellente nageuse et si vous vous donnez la peine de lire son journal et d'analyser ce message, vous verrez qu'un homme est sans doute mêlé à sa disparition, ou avait rendez-vous avec elle, tout du moins. Il faut le retrouver et l'interroger ! »

« Je comprends combien il est pénible pour vous d'être de nouveau confrontée à la mort de votre fille en rangeant ses affaires, Madame Kerlezic, mais croyez-moi, son décès était accidentel et seulement lié aux dangers de la mer! »

Il avait déposé devant elle un café fumant et avait lui-même commencé à siroter le sien, triturant dans sa main gauche la petite cuillère tordue afin de se donner une contenance.

Nathalie Kerlezic restait parfaitement immobile sur sa chaise, son regard vert d'eau toujours posé sur son interlocuteur. « Je voudrais lire le rapport d'autopsie. »

Sans répondre, fixant sans les voir les pages du journal de la jeune fille, Legrand avait bu son café à petites gorgées jusqu'à la dernière goutte, profitant des quelques secondes de répit que ce geste lui procurait pour improviser sa réponse.

« Comme je vous l'ai dit, le dossier est maintenant classé depuis un moment… Mais je vais rechercher le document dès que j'aurai un moment. »

Elle avait probablement remarqué son regard fuyant et s'était levée aussitôt, délaissant le café qui refroidissait devant elle. Elle avait repris le journal de sa fille et le message qui étaient restés sur le bureau. « Au revoir, Capitaine » avait-elle seulement prononcé en passant la porte, laissant Legrand seul, face à ses remords.

Il reposa son briquet et se saisit de son téléphone portable où il rechercha le numéro avant d'appuyer sur la touche « Appel ».

## 10

*"On nous cache tout, on nous dit rien*
*Plus on apprend plus on ne sait rien*
*On nous informe vraiment sur rien."*

*Jacques Dutronc / On nous cache tout, on nous dit rien*

Nathalie avait revêtu une robe mauve ce jour-là pour cuisiner. Le mauve convenait à son humeur plus qu'à sa cuisine.

Elle retira le chorizo qu'elle avait fait revenir dans la poêle chaude et le mit de côté avant de le remplacer par les morceaux de poulet.

De coutume, elle ne cuisinait pas si tôt, mais elle en avait ressenti un besoin presque physique dès son retour à la maison. Seule la cuisine pouvait résorber l'angoisse qui l'oppressait. Il fallait qu'elle réfléchisse et devait pour ce faire se libérer de l'étau qui l'étranglait. Son entourage et ses professeurs avaient été très étonnés lorsque, son bac en poche, elle avait décidé de préparer un CAP de cuisinière.

Hormis ses parents qui connaissaient sa passion et son caractère, tout le monde avait tenté de l'en dissuader : elle pouvait faire mieux, c'était un métier difficile, souvent physique et qui ne convenait pas à sa frêle morphologie, les horaires étaient incompatibles avec une vie de famille, elle serait toujours mal payée... Mais rien n'avait pu la convaincre d'abandonner son projet et l'épanouissement qu'elle ressenti durant sa formation l'avait confirmée dans la cohérence de sa voie. La cuisine était devenue pour elle bien plus qu'un métier, c'était un mode de vie.

Le poulet dans la poêle prenait peu à peu une jolie couleur rouge-dorée tout en s'imprégnant des sucs du chorizo. Elle y ajouta les lamelles d'oignons et de poivrons ainsi que l'ail nouveau.

L'explosion de senteurs qui en résulta lui fit du bien et c'est emplie de l'attente d'une nouvelle bouffée de bonheur olfactif qu'elle ajouta la cannelle et le thym.

Elle resta quelques instants durant totalement immobile devant ses fourneaux, en communion parfaite avec sa cuisine. Les muscles de son cou se détendirent comme sous l'effet d'un massage bénéfique et son cerveau recommença peu à peu à fonctionner en mode productif.

Elle savait que le Capitaine Legrand lui mentait. Il n'avait aucunement l'intention de rechercher le rapport d'autopsie ni de lui montrer. Sa nervosité était flagrante durant sa visite. Que lui cachait-il ?

Elle se revit à l'époque de la mort de Vanille. Complètement ravagée de tristesse comme elle l'était, elle n'avait posé aucune question et s'était rapidement réfugiée dans la solitude pour exorciser sa douleur.

En revenant du commissariat, elle avait ressorti l'annuaire des marées de l'an passé. A la date fatidique, le coefficient de marée n'était que de cinquante-huit, c'est-à-dire plutôt faible pour la région. Vanille était habituée à nager même en haute mer. Elle demandait souvent à Nathalie de la laisser rentrer à la nage à partir de l'Arcouest lorsqu'elles revenaient de leurs promenades en bateau.

Cela avait toujours été le rêve de Vanille : qu'elles possèdent leur propre bateau. Nathalie lui avait fait la surprise pour ses dix ans. Elle avait racheté pour une bouchée de pain un petit voilier de quatre mètre vingt. Nathalie avait retrouvé avec un immense plaisir les joies de la voile. Lorsqu'elle avait quitté la maison familiale, des années auparavant, pour gagner les Antilles, c'était sur un deux mats en tant que second skipper qu'elle avait traversé l'Atlantique.

Elle avait adoré partager avec Vanille le bonheur de naviguer. Mais le petit bateau bleu n'avait plus bougé du port depuis la disparition de sa fille…

Elle ajouta au poulet les tomates émondées et le bouillon et baissa le feu. Les senteurs se firent plus rondes, plus douces.

Elle n'était plus retournée à Bréhat depuis l'année passée. Et c'était probablement là-bas que se trouvaient les réponses à ses questions…

# MERCREDI

*11*

*Dieu a créé la mer et il l'a peinte en bleu pour qu'on soit bien dessus.*

Bernard Moitessier

Le vent s'était levé ce matin-là et une légère houle agitait la mer.

Nathalie avait dormi d'un sommeil sans rêve, épuisée par ses découvertes mais aussi rassérénée par ses résolutions. Avant de se coucher, elle avait imprimé une affiche indiquant la fermeture du restaurant pour une semaine durant et enregistré un message sur le répondeur. Elle avait également envoyé un texto à la serveuse et à Marion pour les prévenir de son absence. Son amie était partie la veille avec Patrick pour une randonnée en centre Bretagne, mettant à profit les huit jours d'absence de leur fils Louis qui séjournait chez ses grands-parents en Provence.

Dès huit heures, Nathalie descendit la rue étroite qui menait au port, ce joli port qu'elle aimait tant. Elle avait toujours connu Loguivy de la Mer, mais c'est à son retour des Antilles qu'elle avait vraiment découvert, ou redécouvert le petit village et ses belles maisons qui semblaient enlacer le bassin d'échouage. Elle retrouva « le Mystic » avec un immense plaisir et commença aussitôt à le bichonner pour compenser l'abandon des derniers mois. Elle inspecta méticuleusement les voiles et tout son équipement. Après avoir changé les bougies encrassées du petit moteur qu'elle utilisait pour ses manœuvres au port, il redémarra sans problème et elle put sortir dès que le faible tirant d'eau le permettait, vers dix heures.

Elle adorait se trouver à la barre de son voilier et les embruns qui trempaient son visage la ravissaient. Elle croisa la vedette remplie de son lot de touristes et c'est presque avec joie qu'elle répondit à leur signes. Un rideau de nuages ourlait l'horizon, habillant la mer d'une palette de bleus allant du turquoise le plus vif, là où le soleil l'illuminait, aux tonalités les plus foncées, là où le ciel chargé l'assombrissait.

Une demi-heure plus tard, après avoir affalé ses voiles, elle arriva au mouillage « La chambre » et se dirigea vers la bouée des Le Gall, qu'elle était autorisée à utiliser. Le grand voilier de la famille était absent et l'amarrage au corps mort fut aisé. Elle retira son sac de la mini cabine et le lança dans le petit pneumatique qui lui servait d'annexe et qu'elle avait pris en remorque pour le trajet. Un cormoran posé sur le sommet d'un rocher l'observait alors qu'elle accosta à la grève.

Elle avait souvent répété la manœuvre dans le passé et retrouvait sans mal les gestes nécessaires, même si cette fois-ci, elle devait les accomplir seule… Vanille et elle étaient venues tant de fois à Bréhat ! Le plus souvent, elles y passaient la journée, cherchant un coin charmant pour leur pique-nique et leur baignade. Parfois, durant les vacances scolaires hors-saison, elles y passaient quelques jours et séjournaient au petit hôtel de l'île. Vanille adorait ces escapades qu'elle qualifiait de « meilleures vacances après les Antilles ».

Nathalie partait régulièrement avec elle sur la petite île des Grenadines où sa fille était née. Il lui semblait très important que celle-ci garde le contact avec son père et sa culture. Depuis le départ de Nathalie, Jimmy avait été trois fois papa, et comme à son habitude, il partageait son temps entre ses nouvelles compagnes. Vanille adorait ces séjours aux Caraïbes et se réjouissait toujours de retrouver son père et ses demi-frères et sœurs avec lesquels elle entretenait un contact régulier sur les réseaux sociaux. Nathalie avait toujours pris le parti de ne pas juger la façon de vivre de Jimmy, et même si elle avait décidé de quitter son frivole compagnon, elle gardait une tendre affection pour cet homme attachant. Il adorait Vanille et sa disparition avait été pour lui aussi un drame qu'il peinait encore à surmonter. Elle se souvint du moment où elle était allée le chercher à son arrivée à l'aéroport de Brest, lorsqu'il était venu assister à la crémation de sa fille. Nathalie lui avait fait parvenir de l'argent pour qu'il puisse acheter le billet. Jimmy n'avait jamais quitté l'archipel des Grenadines où il travaillait en tant que skipper pour une société de louage de catamarans et si son salaire était loin d'être faible pour la région, il se révélait des plus justes pour entretenir plusieurs familles... Nathalie avait reconnu de loin le grand homme mince qui avait été son compagnon, et dont la démarche avait perdu toute sa nonchalance habituelle. Il lui avait paru brusquement vieilli, et le gris qui était apparu à ses tempes crépues n'y était pour rien. C'était plutôt cette sorte de désespoir et presque de crainte que l'on pouvait lire dans ses yeux si noirs qui traduisait son immense douleur.

Aujourd'hui, à Bréhat, tout cela semblait à la fois si proche et si lointain. Nathalie avait réussi à obtenir une chambre à l'hôtel de l'île, plein à cette saison. La gérante, Caroline, gardait habituellement cette pièce pour loger les employés en extras mais comme elle se trouvait vacante, elle l'avait volontiers cédée à sa collègue et amie. Elles se connaissaient maintenant depuis des années et Caroline n'avait pas manqué d'exprimer son soutien à Nathalie lors de la disparition de Vanille.

En arrivant sur la jolie petite place du bourg, Nathalie fut surprise par le flot des touristes qui arrivaient de l'embarcadère. Elle venait rarement à Bréhat en haute saison et ne s'était pas préparée à une telle affluence sur l'île.

Après avoir pris possession de sa chambre et avoir échangé ses vêtements de voile contre une jupe en jean et des tennis, elle quitta l'hôtel et reprit le chemin du bourg. Il n'était pas encore midi et le bureau de poste était encore ouvert. Une employée entre deux âges s'adressait en mauvais anglais, mais avec bonne humeur, à des touristes étrangers soucieux d'affranchir leurs cartes postales. Le problème ayant été enfin résolu, Nathalie prit son tour : « Bonjour, je recherche quelqu'un sur l'île. Ma jeune sœur a séjourné l'été passé à Bréhat et a fait la connaissance d'un jeune homme dont elle a malheureusement perdu les coordonnées. Peut-être pouvez-vous m'aider ? Elle serait si heureuse de le retrouver... »

-C'était le coup de foudre alors ? dit-elle un peu ironiquement ».

-Oui c'est un peu ça, vraiment. Il s'appelle Giorgio mais je ne connais pas son nom de famille…

-C'est un Italien ? C'est très Italien ça, Giorgio !

- Oui, il a sans doute des racines italiennes. Il est brun avec les yeux noirs…

La postière se retourna vers l'arrière du bureau et appela : « Jean-Marie ! » Et se tournant de nouveau vers Nathalie : « C'est lui qui distribue le courrier en été. Il vient juste de revenir de sa tournée… »

Mais Jean-Marie ne connaissait aucun Giorgio.

« Avec un prénom comme ça, je l'aurais remarqué ! Ce n'est certainement pas un résident à l'année. Mais il a pu rendre visite à quelqu'un de l'île… Il y a tellement d'étrangers ici l'été ! »

Effectivement, cela aurait été trop beau de retrouver tout de suite le beau Giorgio… Pour échapper aux flots réguliers de touristes qui se déversaient sur la place du bourg, Nathalie acheta un sandwich et une bouteille d'eau et partit vers le nord en suivant les petits sentiers en bordure de côte. Arrivée sur un coin de grève tranquille, elle composa le numéro du portable de Marie-Annick Le Gall. Elle espérait que leur absence ne durerait pas longtemps. Elle voulait absolument parler à Louane et espérait éclaircir certaines questions soulevées par le journal de Vanille.

« Quelle bonne surprise, Nathalie ! Tu aurais dû nous prévenir. Nous sommes encore au large de Saint-Malo. » Le bruit du vent rendait la communication un peu difficile et Marie-Annick criait manifestement pour se faire entendre.

« Nous arriverons demain matin avec la marée. Nous pourrons déjeuner ensemble. Je t'appelle quand nous arrivons à quai. » Marie-Annick continuait à parler mais la communication devint tellement mauvaise que Nathalie l'interrompit et envoya un texto : « Ok, A demain ! »

## 12

*La politique est l'art d'empêcher les gens de se mêler de ce qui les regarde.*

Paul Valéry /*Tel Quel*

Il avait eu le plus grand mal à calmer Legrand qui perdait complètement son sang-froid. Quel idiot ! Mais il n'allait pas se laisser intimider par cette petite cuisinière…

Il sortit son iPhone et rechercha le site du restaurant mentionné par le capitaine de gendarmerie. « Le plat du soir », un nom bien curieux ! Il avait déjà vu cet établissement à Loguivy, des années auparavant, mais il n'y était jamais entré. Le site Internet comprenait une photo de Nathalie Kerlezic, plutôt avantageuse… assez intéressante… et elle ne lui faisait vraiment pas peur ! Les femmes ne lui avaient jamais fait peur. C'était plutôt elles qui avaient peur de lui !

Et puis, pourquoi ne pas essayer de rencontrer cette Nathalie ? Il arriverait certainement à résoudre le problème. Comme toujours…

## 13

*Chercher à comprendre, c'est commencer à désobéir.*

*Jean-Michel Wyl / Québec Banana State*

Après son pique-nique à la grève, Nathalie était revenue à sa chambre pour y relire le journal de Vanille, son seul indice avec le petit mot. Apparemment, sa fille avait assisté au feu d'artifice du quatorze juillet avec Giorgio. Louane était-elle avec eux ? Vanille disait ne pas lui avoir parlé de Giorgio !!! Elle n'aurait les réponses que le lendemain au retour de la famille Le Gall... Elle savait que les fusées étaient tirées habituellement de la chapelle Saint-Michel, ce qui rendait le spectacle visible de presque partout sur l'île. Donc aucune véritable indication de lieu... Mais Vanille avait également rencontré Giorgio à la grève près de la maison des Le Gall. Logeait-il dans une maison voisine ?

Nathalie se sentait envahie d'une pressante envie d'agir, comme s'il était possible de découvrir un élément capable de changer le cours des choses. Mais malheureusement, Vanille était morte, depuis un an déjà, et rien ne pouvait y changer quoi que ce soit. Elle avait pressé contre elle le corps glacé et sans vie de sa fille. Elle s'en voulait maintenant terriblement de ne pas avoir posé plus de questions, d'avoir accepté la version de la police, cette noyade si invraisemblable…
Elle quitta l'hôtel et rejoignit de nouveau la jolie place du bourg et ses nombreux touristes. Il était maintenant plus de quatre heures. Les terrasses étaient bondées et dégageaient une pénétrante odeur de crêpe.

Elle observa un moment le ballet des serveurs qui se pressaient d'une table à l'autre, s'éloignaient de nouveau en cuisine pour en rapporter boissons et assiettes. Ce n'était vraiment pas le moment de les interpeler à propos de Giorgio, comme elle avait voulu le faire…

Elle repartit cette fois en direction de la baie où se trouvait la maison de la famille Le Gall. La marée montait à nouveau et elle parcourut la grève à l'est de l'île sur toute sa longueur, observant les propriétés, les villas en bordure de mer. Plusieurs d'entre elles, des plus imposantes, restaient invisibles au niveau de la plage, n'offrant que leur mur d'enceinte à la vue des marcheurs.

Nathalie se dit que la perspective devait être bien meilleure de la mer qui procurerait ainsi le recul nécessaire pour apercevoir l'ensemble des propriétés.

Bien décidée à observer en détails les alentours, elle rejoignit son annexe et revint à son bateau où elle monta le petit moteur d'appoint sur le pneumatique avant de repartir à son bord en direction de la baie où sa fille avait disparu.

Effectivement, de la mer, on voyait bien mieux les propriétés et Nathalie se félicita de son idée. Elle suivit lentement la côte et photographia plusieurs maisons voisines de la villa des Le Gall. Un peu plus loin le long de la grève qui jouxtait leur résidence, s'étendait sur la pointe une très grande propriété totalement entourée d'un mur d'enceinte.

Complètement invisible de la plage en contrebas, la villa, élégamment construite au sommet d'un grand terrain planté de pelouse et de palmiers, surplombait la mer. Un portail sécurisé menait à une petite jetée privée, assurant un accès direct à la baie. Un homme en tenue sombre et portant des lunettes noires parcourait l'étendue de pelouse en contrebas de la villa et semblait assurer la sécurité du côté mer. Il suivait le parcours du petit bateau des yeux et lorsque Nathalie prit une photo avec son smartphone, il répliqua en la photographiant lui-aussi.

« Je ne sais pas ce que tu protèges, mon gars, mais tu ne le fais pas à la légère... Me voilà fichée maintenant ! »

En agissant sur la commande de gaz, Nathalie augmenta la vitesse et s'éloigna de la propriété, tout en continuant à suivre la côte vers le nord. Les autres maisons étaient bien moins sécurisées même si l'accès à la mer y était le plus souvent interdit par une clôture ou une haie.

Entretemps, l'après-midi touchait à sa fin et les touristes se pressaient sur les petits chemins côtiers pour rejoindre le port et les vedettes.

Après avoir parcouru la côte en sens inverse, Nathalie rejoignit son voilier où elle déposa le moteur et repartit à la godille vers la grève. Elle avait prévenu Caroline qu'elle dînerait à l'auberge ce soir et espérait que la restauratrice trouverait un peu de temps pour discuter avec elle.

Sur le chemin de l'hôtel, elle s'arrêta aux quelques bars et crêperies du bourg pour demander si quelqu'un connaissait Giorgio, un type d'une vingtaine d'années, brun aux yeux noirs. « Vous savez, les résidents de l'île ne viennent pas beaucoup ici. Notre clientèle, c'est surtout les visiteurs d'un jour... Demandez plutôt à la boulangerie. Et moi, je ne suis pas d'ici. Comme la plupart des serveurs, je suis là pour la saison !» lui répondit une serveuse maigre à l'air épuisé, qui fumait sa cigarette à l'écart de la terrasse. Mais malheureusement, on ne connaissait pas le beau brun non plus à la boulangerie.

Arrivée à l'auberge, Nathalie se doucha rapidement et revêtit une robe fleurie avant de rejoindre la terrasse où elle commanda un verre de vin blanc.

L'hôtel était plein et les clients quittaient leurs chambres pour profiter du superbe cadre qu'offrait la terrasse où le bleu des agapanthes rivalisait avec les camaïeux de violet et de rose des hortensias.

Durant le dîner, Nathalie n'eut de cesse d'observer les occupants de l'hôtel et les clients du restaurant, recherchant en chacun le bel homme brun, l'attirant jeune homme qui avait séduit sa fille. Elle ne savait absolument pas de quelle manière cette personne était en relation avec la noyade de Vanille, mais elle s'imaginait cependant que Giorgio, d'une façon ou d'une autre, devait avoir un rapport avec le drame. Cependant, aucun estivant ne répondait à la description que Vanille avait faite et il semblait d'ailleurs à Nathalie que seuls des touristes blonds aux yeux bleus avaient colonisé l'île ce jour-là. Ce fut Caroline qui lui apporta le dessert, un magnifique fondant au caramel, et elle en profita pour l'inviter à prendre un café au bar après le dîner.

Les clients se retiraient peu à peu lorsque les deux femmes s'installèrent au calme à l'extrémité du bar.

« Je suis étonnée de te voir ici en cette saison ! » engagea Caroline directement. « Tu as fermé ton resto ? »
-Oui, pour quelques jours... Cela fait un an que Vanille a disparu et j'avais besoin de revenir sur tout ce qui s'est passé. J'ai été prise dans un tel tourbillon dramatique à l'époque, que je n'ai pas beaucoup réfléchi. Et depuis, je me suis efforcée d'être forte, d'aller de l'avant, peut-être même d'oublier... Il est temps pour moi de mieux comprendre, de vider l'abcès, et d'éclaircir certaines choses...

Nathalie avait maigri depuis que Caroline l'avait vue la dernière fois et ses grands yeux semblaient vouloir avaler son mince visage.

-Il y a des choses qui ne sont pas claires dans le décès de Vanille ? Elle s'est bien noyée, non ?

Nathalie ne voulait pas partager ses doutes avec Caroline et répondit « Oui bien sûr, elle s'est noyée... mais avant cela, elle avait fait connaissance de personnes qui ont été importantes pour elle et qu'elle n'a pas eu le temps de me présenter. J'aimerais les rencontrer. C'est un peu pour ça que je suis là. »

S'efforçant de garder un ton détaché, elle poursuivit :

« Connaîtrais-tu Giorgio par exemple ? C'était un ami de Vanille.

-Il y a un Giorgio qui vient de temps en temps dîner avec Eric Défossé. Mais je ne pense pas que ce soit lui ! Il est beaucoup plus âgé que ne l'était ta fille... Ils ne viennent ici que lors de leurs séjours hors saison. En juillet et août, ils restent cloîtrés dans leur propriété. Ils ont beaucoup de personnel à ce qu'il paraît !

-Raconte toujours ! C'est peut-être lui... Le prénom n'est pas courant !

-Non c'est vrai.... C'est un jeune homme très brun. Assez beau... et il le sait je pense ! Je crois qu'il est de la famille d'Eric Défossé. Son neveu peut-être ? Je ne sais pas vraiment...

-Eric Défossé, c'est l'ex-ministre des Finances ?

-Oui lui-même. Il est maintenant député européen. Il possède une villa sur la côte est de l'île, une propriété superbe !

-Je l'ai peut-être vue en me promenant cet après-midi. Celle avec la jetée privée ?

-Oui, c'est celle-là ! Défossé a plusieurs bateaux, un grand voilier et un super yacht de quinze mètres qui fait bien des envieux ici…

-Il est sympathique ?

-Qui ? Defossé ou Giorgio ? Ils ont surtout beaucoup de fric… et beaucoup de succès auprès des femmes… Ils ne viennent jamais seuls ! Je ne crois pas qu'il existe une Madame Défossé mais le parlementaire n'a pas une vie de célibataire pour autant ! Et le Giorgio non plus… Il est toujours accompagné de jolies jeunes femmes lorsqu'il vient !

-Il est Italien ?

-Aucune idée ! Il n'a pas d'accent en tout cas. Le prénom n'est peut-être qu'une fantaisie, ou peut-être un surnom.

-Ils sont là en ce moment ? Je veux dire Défossé et Giorgio …

-Je ne sais pas. Comme je te l'ai dit, en été, ils évitent vraiment les touristes et se cloîtrent dans leur propriété. Il paraît qu'ils ne sortent que par bateau… On raconte qu'ils se font livrer directement à la jetée pour tout ce dont ils ont besoin durant leur séjour estival. Ce ne sont pas eux qui font marcher le commerce de l'île !

Caroline se leva. Une famille attendait auprès de la caisse pour régler le dîner.

« Mais sincèrement, je ne vois pas ce que ce Giorgio aurait eu à voir avec Vanille ! Ce n'est certainement pas lui que ta fille connaissait.

-Tu as sans doute raison ! Merci pour le café et à demain. Le diner était délicieux. C'est assez agréable de ne pas cuisiner de temps en temps…

- Profites-en et repose-toi ! A demain !

Alors que Nathalie se dirigeait vers l'escalier menant à sa chambre sous les combles, Caroline la rattrapa. « Ça me revient… Alexandra, notre serveuse, a déjà travaillé en extra à la villa de Défossé. Si tu veux, tu pourras lui parler. Elle en sait peut-être plus sur ce Giorgio. Elle est en repos aujourd'hui mais elle sera là demain soir ! »

# JEUDI

## 14

*"Ne comprennent que ceux qui ont envie de comprendre."*

*Bernard Werber / L'Empire des Anges*

Enfin, vers 11 heures, l'élégant voilier des Le Gall apparut à l'entrée du port de Bréhat, se frayant un chemin entre les vedettes chargées de touristes. Nathalie avait décidé d'attendre la pleine mer et l'arrivée du « Gwen Bleiz » en buvant un café au port. En fait, elle avait déjà avalé trois cafés, espérant retrouver son énergie après une nuit des plus agitées. Des heures durant, elle avait retourné dans sa tête tout ce qu'elle avait appris les jours derniers : le petit mot, le journal de Vanille, Giorgio, la propriété de Défossé, la curieuse attitude du Capitaine Legrand…

Sur le bateau, la grand-voile avait été affalée et Marie-Annick et Louane s'affairaient à la plier en accordéon sur la bôme. Sarah se tenait toute fière à la barre avec son père et un jeune garçon qu'elle identifia comme étant Thomas, le copain de Louane, terminait de sortir des containers plastiques de la cabine. Nathalie se dirigea vers le voilier lorsqu'il accosta à la jetée pour décharger bagages et provisions. Marie-Annick avait déjà sauté à terre et amarrait le voilier. Elle lui fit un grand sourire dès qu'elle l'aperçut. « Tu arrives à point pour nous aider ! » lui dit-elle en l'embrassant. Louane lui fit un signe en guise de salutation et se précipita pour chercher un chariot.

De retour de leur périple de voile, toute la famille Le Gall respirait le bonheur et la santé, affichant tous une mine resplendissante et les yeux encore pétillants de l'excitation que procure la navigation. Nathalie ne put s'empêcher de ressentir une douloureuse pointe d'envie face à cette famille si unie.

Une fois le matériel et les bagages déchargés et empilés tant bien que mal sur le chariot, François repartit avec Louane pour amarrer le voilier dans « la Chambre » et Marie-Annick, Sarah et Thomas se mirent en route avec Nathalie en poussant et tirant leur chargement avec bonne humeur.

Louane avait insisté pour accompagner son père au mouillage et Nathalie avait eu l'impression qu'elle cherchait à l'éviter, peut-être gênée de se retrouver face à la mère de son amie décédée. Nathalie n'avait pas revu la jeune fille depuis les obsèques de Vanille et même si Louane avait maintenant bonne mine, on ne pouvait ignorer les marques laissées par la dépression et l'anorexie sur le visage et le corps de l'amie de sa fille.

Après un quart d'heure d'un trajet rendu difficile par les nombreuses bicyclettes qui circulaient sur les chemins, le petit groupe arriva enfin à la grille de la villa « La Rose des Vents ». Thomas s'était montré d'une grande efficacité pour diriger le chariot, souriant et calme, et Nathalie comprit combien il avait dû être un soutien de poids pour Louane lors de sa dépression.

Marie-Annick et elle n'avaient échangé que des banalités et il lui sembla qu'elle aussi ressentait une sorte de gêne et d'appréhension face à elle.

Nathalie se proposa pour préparer les maquereaux pêchés par François et elle se dirigea vers la cuisine pendant que les autres s'offraient une douche bien méritée.

La cuisine était toujours la pièce qu'elle préférait dans une maison, qu'elle soit simple ou super équipée, c'était là que Nathalie se sentait le plus à l'aise pour réfléchir, pour parler, pour se concentrer.

Elle sortit les poissons de la caisse et les lava à l'eau tiède. Il y en avait une vingtaine. Elle aimait le touché soyeux de la peau du maquereau et sa fine odeur iodée. Retrouvant des gestes tant répétés, elle se mit à trancher la tête des poissons encore frétillants avant d'ouvrir d'un seul coup de lame les ventres argentés pour en sortir les boyaux sanguinolents avant de rincer et d'aligner sur des assiettes ces corps qui, en quelques secondes, avaient perdu toute chance de retrouver la liberté de la mer.

Absorbée par sa tâche, elle n'avait pas remarqué la présence de Louane qui se tenait à l'entrée de la cuisine et l'observait, fixant de son regard grave et dégoûté ses mains tachées de sang. Alors que Nathalie, ayant enfin levé la tête, ouvrait la bouche pour lui parler, la jeune fille s'éloigna en courant vers l'escalier qui menait aux chambres, bousculant sa mère qui redescendait les marches.

« J'ai l'impression que Louane est encore très émotive » lui dit Nathalie lorsqu'elle pénétra dans la cuisine.

Le regard de Marie-Annick était froid et dur lorsqu'elle lui répondit: « Oui, elle est encore très fragile… Et ta visite ne lui fait pas du bien ! Est-ce un hasard que tu viennes à Bréhat un an juste après la mort de Vanille ? Je croyais que tu n'aimais pas l'île en été ! »

Nathalie se lava consciencieusement les mains avant de se retourner pour répondre : « J'ai retrouvé le journal de Vanille en rangeant sa chambre et j'ai l'impression que j'ignorais beaucoup de choses à propos de ma fille, des choses qui étaient importantes et qui ont peut-être influencé sa mort. C'est pour ça que je suis là. Je voudrais comprendre ce drame et j'ai besoin de parler avec vous, et avec Louane surtout… »

« Il n'y a rien à comprendre à cette noyade ! Nous sommes partis en mer pour éviter que Louane ne repense à tout ça, et toi, tu arrives ici pour déterrer tous ces horribles souvenirs. Maintenant. Après un an ! »

« Je sais, c'est très dur pour vous tous, et surtout pour votre fille. Mais dans son journal, Vanille mentionne un homme dont elle avait fait connaissance à Bréhat et j'aimerais le rencontrer. Il y a aussi un drôle de petit mot qui date sans doute du jour où elle est morte. Elle avait rencontré quelqu'un… J'aimerais que vous m'aidiez à mieux comprendre, c'est tout ! »

Le regard de Marie-Annick s'adoucit. « Bien sûr, c'est toi qui souffre le plus. Je sais. Et je comprends qu'il est difficile d'accepter l'idée de ce décès. Si nous pouvons t'aider, nous le ferons. Je vais parler à Louane et tu pourras t'entretenir avec elle cet après-midi. Elle aimait tant Vanille, tu sais ! Son monde s'est écroulé il y a un an ! ».

Le déjeuner se déroula sans problème. Les Le Gall racontèrent leur périple aux îles Anglo-Normandes et la bonne humeur de François devant son barbecue détendit tout le monde.

Louane, elle aussi, était plus sereine et la bienveillante affection de Thomas semblait faire des miracles.

Après le repas, les enfants s'éloignèrent vers la terrasse, leur portable à la main, ravis de retrouver une connexion Internet et de pouvoir de nouveau communiquer avec le monde... François partit à la cuisine pour faire les cafés et Nathalie jugea le moment propice pour poser quelques questions à Marie-Annick. « Comment était Vanille lorsqu'elle était chez vous, avant la fête d'anniversaire de Louane ? Tu la connaissais bien. T'a-t-elle semblée différente ? As-tu remarqué quelque chose de particulier ? »

-Elle était très excitée, mais tous les jeunes l'étaient !... Je me souviens qu'elle s'est longuement préparée le soir de l'anniversaire... Elle s'était enfermée dans la salle de bain des enfants à l'étage et Louane était furieuse parce qu'elle voulait se préparer elle aussi. Des disputes d'ados quoi ! En tous cas, elle était superbe ce soir-là. Elle portait une robe rouge toute simple mais très près du corps qui la mettait incroyablement en valeur ! Et elle s'était maquillée. Tu lui donnais beaucoup plus que son âge.

-Oui je m'en souviens », ajouta François qui revenait avec les cafés. « Elle était vraiment belle ! J'en ai eu le souffle coupé. Et je lui ai dit d'ailleurs que sa robe était presque indécente !

Nathalie se souvenait parfaitement de cette robe rouge que Vanille avait achetée lors d'un après-midi shopping avec ses copines de classe. Elle avait, elle aussi, eu un choc lorsque sa fille l'avait essayée pour la lui montrer. Le vêtement n'était en rien trop décolleté ou trop court mais la coupe soulignait incroyablement la perfection du corps de la jeune fille.

A ce souvenir, Nathalie fut envahie par une bouffée de chaleur. La gorge nouée elle demanda : « Et après, que s'est-il passé ?

Ce fut Marie-Annick qui répondit : « Les jeunes arrivaient au fur et à mesure, au rythme des vedettes en fait, et la maison se remplissait peu à peu. Nous avions dégagé le salon d'hiver pour en faire un dortoir et chacun y préparait son coin pour dormir, déroulait son sac de couchage. Ils étaient tous joyeux, et Vanille aussi ! Elle riait beaucoup. Vers vingt heures nous avons commencé à faire des grillades. Louane avait préparé une sangria sans alcool et les jeunes sirotaient à la plage en écoutant de la musique.

François l'interrompit : « Et j'ai dû intervenir car il y en avait qui fumaient. Du tabac, mais quand même… Nous étions responsables !

« Oui, je me sentais un peu dépassée par la fête d'ailleurs. Louane avait invité quelques élèves de la classe de Thomas qui étaient plus âgés. Je ne les connaissais pas et il était difficile de leur faire des remarques. Nos filles réagissaient elles aussi différemment de leur habitude. Elles jouaient vraiment « les grandes » et nous ignoraient totalement, François et moi. Nous nous faisions pourtant des plus discrets !

Après les desserts et le gros gâteau d'anniversaire, j'ai envoyé Sarah se coucher et François et moi nous nous sommes retirés sur la terrasse. Il faisait très doux ce soir-là et des petits groupes se formaient peu à peu dans l'obscurité naissante sur la grève et dans le jardin. Des couples aussi… Louane et Thomas s'étaient éloignés vers la cabane de jardin. Je savais que Louane était amoureuse de lui et cela m'a fait sourire… D'autres dansaient.

-Et Vanille ? Où était-elle à ce moment ?

-Je l'ai vue danser avec d'autres. Elle avait l'air de bien s'amuser et puis elle discutait aussi beaucoup. Tout avait l'air normal. Pas de flirt apparent...

-Vous aviez invité des voisins ce soir-là ? Ou des jeunes de l'île ? Dans son journal, Vanille parlait d'un certain Giorgio…

- Non. Louane n'avait invité que des camarades de classe. Il n'y a avait pas d'autres jeunes. Pas de Giorgio. » Répondit Marie-Annick.

François reprit le récit de la soirée: « Et puis, peu avant minuit, ils se sont tous regroupés sur la plage, tous en maillot de bain. La mer était haute et très calme. Louane était revenue avec Thomas et elle affichait un sourire béat… A minuit pile ils se sont tous mis à l'eau en riant. Ceux qui n'étaient pas assez courageux pour entrer rapidement se faisaient asperger par les autres. C'était un sacré raffut ! En fait, Marie-Annick et moi avions proposé ce bain de minuit pour clôturer la fête et pouvoir envoyer tout le monde au lit. Et Louane avait trouvé l'idée super.

-Oui, nous ne voulions pas que cet anniversaire dure jusque tard dans la nuit et ça nous a semblé sympa pour terminer la soirée en beauté. Si nous avions su quel drame cela engendrerait…

Nathalie avait déjà entendu un an auparavant le compte-rendu de ce bain de minuit. Mais il constituait le moment décisif dans la disparition de Vanille et elle se força à rester attentive.

- Vanille s'est mise à l'eau comme les autres mais elle s'est aussitôt éloignée de la grève en crawlant. Nous ne nous sommes pas inquiétés car nous étions habitués à la voir nager loin. Comme il faisait sombre, rapidement nous l'avons perdue de vue. Une demi-heure plus tard, tout le monde se séchait sur la plage. Tout le monde, sauf Vanille, qui n'était pas réapparue…

Marie-Annick reprit : « Au début nous n'avons pas eu peur. Elle était une si bonne nageuse. Nous l'avons appelée en marchant le long de la grève. Mais lorsque, vers une heure du matin, elle n'était toujours pas revenue, nous avons paniqué. François est allé prendre l'annexe du voilier pour la chercher et tu connais la suite… La police, les sauveteurs en mer…

Nathalie se tenait totalement immobile, replongée dans le drame qui lui avait arraché sa fille.

-Vous n'avez vu personne d'autre dans l'eau ? Quelqu'un qui n'aurait pas appartenu au groupe des jeunes ?

-Non. Autant que nous pouvions voir de la plage. Il n'y a avait que nos jeunes. En bordure du rivage, en tout cas…

Marie-Annick prit la main de Nathalie et la serra : « Je m'en veux tellement de cette idée de bain de minuit. Tout ça est de ma faute !

-Je ne suis pas certaine du tout que ce soit cette baignade qui ait provoqué la disparition de Vanille. Il doit y avoir autre chose… Et c'est pour cela que je suis ici !

## 15

*Quand le diable invite, faut y aller avec une longue cuillère.*

Stephen King/Docteur Sleep

Antonio Moretti relut ses notes. Il lui restait une demi-heure avant sa réunion avec le patron et il constatait avec désespoir que la liste d'extras était loin d'être complète, une semaine avant la réception.

Il devenait de plus en plus difficile de recruter du personnel dans la restauration. Et lorsque la manifestation avait lieu au bout du monde sur une île, en pleine saison touristique, c'était plus terrible encore. Et puis, pour une fête si spéciale... Même l'agence d'intérim ne voulait plus lui envoyer de personnel. Trop de plaintes ! Il lui faudrait d'urgence négocier une prime « soirée spé » avec le patron.

Il allait passer une petite annonce dans le journal du coin. Peut-être que cela pouvait marcher.

Cela faisait maintenant plus de dix ans que Eric Défossé l'avait engagé comme majordome et le boulot était plutôt sympa. Bien payé et assez tranquille, les séjours de l'homme politique se limitant à une dizaine de semaines par an. Mais la réception du mois d'août était une horreur à organiser. Un vrai casse-tête. Les repas et la boisson, pas de problème ! Mais le personnel et les invités… et toutes ces filles à gérer…

Personne n'avait idée de ce que ça représentait comme travail… Même s'il y avait des à-côtés plutôt sympas pour lui…

Mais comme toujours, il s'en sortirait avec bravoure. Comme chaque année !

Il sourit en repensant à Cécilia. Elle serait là cette année encore. Il avait vu son nom sur la liste du fournisseur…

## 16

*La politique a sa source dans la perversité plus que dans la grandeur de l'esprit humain.*

*Voltaire / Le Sottisier*

Il reposa son smartphone. Tout s'organisait parfaitement bien. Les filles étaient réservées et ses invités se réjouissaient déjà de la fête... il rechercha dans ses contacts le numéro du chef de file de son parti. Il le détestait, mais il avait besoin de son soutien pour un dossier épineux. Et il savait que l'autre lui serait éternellement reconnaissant de l'avoir convié... On connaissait bien ses faiblesses dans les milieux politiques ...

Son départ pour Bruxelles avait été un tournant dans sa vie politique, même s'il se demandait parfois si ce changement s'avérait véritablement profitable pour sa carrière. L'éloignement de la scène française et de son parti au profit de son groupe parlementaire européen était un peu difficile à gérer mais il savait qu'à moyen terme ses nouveaux contacts seraient profitables à ses activités, principalement au développement à l'international de sa société d'assurance. Il parlait toujours de « sa » société d'assurance, même s'il n'en était qu'un des actionnaires majoritaires et l'un des membres de son conseil d'administration. Mais c'était malgré tout l'un de ses aïeuls qui avait fondé, au dix-neuvième siècle, la petite mutuelle dont le fabuleux développement avait enrichi sa famille. Ses parents avait fondé beaucoup d'espoir en leur fils unique pour gagner le pari de la mondialisation qui se profilait dans les années quatre-vingt et l'avait envoyé préparer un MBA dans une Business School réputée des États Unis. Le prodigieux diplôme en poche, il avait réussi à établir d'importants contacts pour l'entreprise, plus grâce à son talent d'intrigant et à son réseau sur la scène échangiste américaine. Son bon Anglais l'avait toujours servi mais aujourd'hui il était devenu un atout essentiel pour établir des relations intéressantes en politique internationale, indépendamment des services d'interprétariat. Il avait d'ailleurs invité quelques collègues européens qu'il avait repérés comme « demandeurs » pour sa petite réception.

Cette année encore, il y aurait de la chair, beaucoup de chair fraiche... Et du sexe, beaucoup de sexe...

Ce qu'il aimait le plus au monde : le pouvoir et le sexe. Les deux axes qui régissent le monde. Les deux entités qui faisaient sa force.

Jamais il ne s'était senti plus puissant, plus conquérant, plus prêt à tout !

## 17

*Une simple rencontre peut se transformer en grande aventure.*

Nicolas Carteron / *Quand ta lettre est arrivée*

Louane et Thomas lézardaient sur la plage lorsque Nathalie leur rendit visite.

Sur le bateau, Louane avait été hors d'elle lorsque sa mère lui avait appris que Nathalie les attendait à Bréhat. Comme si le cauchemar qu'elle essayait d'oublier allait de nouveau se jouer sous ses yeux, dès leur arrivée sur l'île : la disparition de sa meilleure amie, le jour de son anniversaire et puis la suite, la noyade de Vanille. Et cet horrible sentiment d'être mêlée à cette mort, comme si une malédiction planait sur sa propre personne. Elle ne voulait pas retomber dans le gouffre, être de nouveau anéantie par la dépression. Mais sa mère et Thomas avaient réussi à calmer sa panique, et lorsque Nathalie se trouva auprès d'eux, ce fut Louane qui aborda le sujet.

« Maman m'a dit que tu voulais me poser des questions à propos de Vanille…

-Oui, je suis désolée de devoir aborder ce sujet avec toi mais j'ai besoin de ton aide… J'ai retrouvé le journal de Vanille en rangeant sa chambre et elle y parle de quelqu'un qu'elle aurait rencontré à Bréhat, en juillet, sans doute au feu d'artifice.

-Je ne savais pas que Vanille écrivait son journal… Elle ne me l'avait jamais dit. »

Louane se souvint que Vanille et elles avaient eu une longue conversation sur le fait d'écrire son journal après la lecture de celui d'Anne Frank. Les deux amies avaient adoré le livre et se demandaient si elles seraient capables, elles aussi, de relater jour après jour, ce qu'elles vivaient et ce qu'elles pensaient.

-Je ne le savais pas non plus. Mais elle venait de commencer, apparemment au début des vacances scolaires… Le jeune homme qu'elle a rencontré en juillet s'appelle Giorgio. Ça te dit quelque chose ?

- Non, Je n'ai jamais entendu ce prénom. Je pense que Vanille m'en aurait parlé si ce garçon avait été important pour elle…

- Elle l'aurait rencontré le soir du feu d'artifice, le quatorze juillet... Comment ça s'est passé ce soir-là ?

Louane fit une légère grimace en se remémorant cette soirée durant laquelle les deux amies s'étaient un peu disputées...

- En fait, le feu d'artifice était le soir du treize juillet. Nous sommes tous allés sur la place du bourg voir le bal et le feu d'artifice. Papa avait réservé une table au bar de la place. Vanille et moi, nous sommes parties plus tôt que le reste de la famille. Un peu avant dix heures peut-être. Il y avait énormément de monde. Nous nous sommes assises à la table réservée et nous avons commandé une limonade. Mais Vanille a voulu aller danser et s'est éloignée pour rejoindre le bal. Moi je n'avais pas envie du tout. Je suis restée à la table et j'ai discuté avec une jeune touriste anglaise pendant son absence. »

Contrairement à elle-même, Vanille adorait danser. Elle se souvint de son amie, s'agitant au rythme de la musique sur la petite place de l'île, et attirant sans le savoir tous les regards sur elle.

-Vanille est revenue à la table un peu plus tard, peut-être vers dix heures trente, avant que mes parents arrivent avec Sarah. Nous nous sommes un peu disputées parce que je ne trouvais pas chic que Vanille m'ait laissée seule. Mais elle a voulu repartir au début du feu d'artifice pour s'asseoir sur le muret, au centre de la place, prétextant que l'on voyait mieux là-bas. A la fin du spectacle, je suis allée la chercher pour rentrer.

-Y avait-il quelqu'un d'autre avec elle sur le muret ?

-Il y avait plein de gens à côté d'elle. Je n'ai remarqué personne en particulier. Et en plus, il faisait nuit noire entretemps. Et puis, j'étais un peu vexée... Nous ne nous sommes presque pas adressé la parole en rentrant !

Louane revit le visage resplendissant de bonheur de Vanille alors qu'elles suivaient les parents Le Gall pour rentrer à la villa. A ce moment, elle avait été terriblement jalouse de sa meilleure amie, lui reprochant ce naturel et cette joie de vivre qui lui faisait, à elle, tellement défaut. Beaucoup plus réservée que Vanille et même souvent très timide, Louane avait de grandes difficultés à exprimer ses sentiments et ne se laissait pratiquement jamais aller, prisonnière de limites qu'elle s'imposait elle-même.

Sans doute consciente de ce que ressentait sa meilleure amie ce soir-là, Vanille l'avait prise par les épaules, et lui avait collé une grosse bise sur la joue. Peu après, juste avant de s'endormir, Elle lui avait dit : « C'était une superbe soirée... ! »

Mais elles n'avaient jamais plus reparlé de ce soir du treize juillet…

Louane se demanda s'il était possible que son amie lui ait caché une rencontre importante pour elle ? Lui aurait-elle tout raconté si elle n'avait pas réagi si idiotement ce soir-là ? Elle se souvint alors de la lueur si particulière qu'elle avait remarquée dans les beaux yeux verts de son amie…

Nathalie remercia Louane et la serra dans ses bras avant de partir vers le port, et Thomas et elle regardèrent avec tristesse cette maman au cœur déchiré qui s'éloignait sur le chemin étroit menant au bourg.

## 18

*Tout fils tient de son père tout ce qu'il est, et il ne peut cesser d'être son fils.*

*Saint Augustin / De la Trinité*

Eric Defossé sortit de la piscine et sécha consciencieusement son estomac proéminent avec la serviette chaude que lui tendait Stéphanie. Il lui fit un clin d'œil auquel elle répondit avec un sourire un peu timide.

Il aimait beaucoup coucher avec elle. Son air de poule apeurée ajoutait du piquant à la chose... Même s'il ne lui avait encore jamais fait tout ce qu'il aurait aimé lui faire...

Elle s'éloigna rapidement pour rejoindre l'office, comme poursuivie par une troupe de zombies. Cela le fit sourire !

Antonio lui avait fait part de ses problèmes à trouver des extras pour la soirée. Cela tombait à point : Il lui avait proposé de contacter la patronne du resto « Le plat du soir » pour la cuisine en argumentant qu'il avait entendu beaucoup de bien d'elle. Son plan avait fonctionné : Antonio avait tout de suite ajouté son nom sur sa liste, sans faire aucun rapprochement entre Nathalie Kerlezic et la fille de l'été dernier.

« J'aimerais bien la rencontrer, d'ailleurs ! Tu me l'amèneras quand elle se présentera. »

Antonio était un excellent employé, même si son intelligence était un peu limitée. Et il était de confiance… Jamais il ne raconterait quoique ce soit. Il profitait d'ailleurs bien trop des avantages de la maison pour en ébruiter les secrets.

Et il avait de l'humour ! C'était lui qui avait un jour donné son surnom à Augustin.

« Votre fils est loin d'être un saint, Eric ! Il tient beaucoup de vous dans ce domaine… Son prénom ne lui va pas du tout. Il a l'air d'un dragueur italien, un « Giorgio » où quelque chose dans le genre ! »

Cela avait fait énormément rire Éric Defossé. Et c'est ainsi que son fils avait reçu son surnom de « Giorgio ». Tout le monde l'appelait ainsi quand il venait passer quelques semaines chez son père à Bréhat en été. Entretemps, beaucoup ignoraient son véritable prénom. Revenu à Nice où habitait sa mère, Augustin avait même insisté pour que l'on continue à l'appeler « Giorgio » trop heureux de se débarrasser enfin de son image de saint. Sa mère avait dû se plier à son caprice et le jeune garçon avait fait sa rentrée scolaire sous son nouveau nom.

Entretemps, l'adolescent d'alors était devenu un homme de vingt-six ans et une grande complicité unissait Giorgio à son père. A la fin de ses études, Eric Défossé lui avait obtenu un poste d'assistant parlementaire à Bruxelles où le jeune homme vivait une vie des plus agréables dans le milieu échangiste de la capitale belge... A la grande fierté de son père, il était d'ailleurs devenu un excellent « rabatteur » ! Et un grand fan de ses réceptions du mois d'août, qu'il ne voulait rater pour rien au monde.

Défossé enfila sa chemise qu'il laissa ouverte sur son torse poilu et parcouru les quelques mètres qui le séparaient du salon d'été de la villa. Il fallait qu'il règle quelques problèmes : Legrand l'avait appelé une fois encore. Il avait recherché le rapport d'autopsie de la fille et demandait ce qu'il devait faire. Il avait dû calmer le jeu :

-Vous détruisez ce rapport tout de suite, Legrand. Je vais me charger de faire disparaître le document des archives numériques. Et vous vous calmez, surtout ! Souvenez-vous de l'aide que je vous apportée lors de vos problèmes de permis de construire... Vous savez que j'ai le bras long... Et pensez à votre carrière ! Mais j'ai confiance en votre bon sens, Legrand ! Et puis cette Madame Kerlezic ne reviendra peut-être jamais vous voir, vous verrez… C'est de la vieille histoire, tout ça. Cette pauvre fille s'est noyée, vous le savez bien !

Il avait réussi à persuader Giorgio de quitter l'île le lendemain. Celui-ci regrettait de ne pouvoir participer à la « réception du mois d'août », comme tout le monde l'appelait ici, mais une invitation sur le yacht d'un de ses amis pour une croisière au large de la Sardaigne avait eu raison des réticences de son fils.

« Tu sais, il y aura beaucoup de jolies filles là-bas aussi, je fais confiance à mon ami Paul pour ça ! ».

Depuis que le gardien lui avait montré la photo de Kerlezic photographiant la propriété, Defossé craignait qu'elle entre en contact avec Giorgio. Il avait décelé chez son fils une certaine fragilité face au destin de la fille, l'été dernier. Il fallait absolument éviter que la cuisinière ne « cuisine » son fils… Il sourit de son jeu de mots et se saisit de son smartphone.

Celui qui « cuisinerait » Kerlezic, ce serait lui !

## 19

*« La vérité pure et simple est très rarement pure et jamais simple. »*

*Oscar Wilde*

C'était Alexandra qui faisait le service ce soir-là au restaurant de Caroline. La jeune femme était grande avec une magnifique chevelure rousse qu'elle retenait en une queue de cheval un peu floue. Son visage rempli de tâches de rousseurs s'illuminait à tout moment d'un grand sourire, comme si sa joie de vivre avait peine à ne pas faire surface.

Dès le début du dîner, elle s'était approchée de Nathalie : « Caroline m'a dit que vous aimeriez me parler. Je viens vers vous dès que les desserts sont servis ! »

Elle tint sa parole et vint s'asseoir alors que Nathalie buvait son café, abordant le sujet sans plus d'entrée en matière : « Alors, il paraît que vous voulez vous renseigner sur ce salaud de Giorgio ? »

Au moins, Alexandra ne tournait pas autour du pot ! Et enfin, quelqu'un qui connaissait Giorgio, à condition que ce soit le bon ! « Effectivement, ma fille avait peut-être fait sa connaissance l'été dernier... »

Sans la laisser continuer, Alexandra reprit, fidèle à son franc-parler : « Il y a beaucoup de filles qui font sa connaissance, en fait. C'est un vrai Don Juan ! Mais pas vraiment dans le style romantique, si vous voyez ce que je veux dire... Comme son père, d'ailleurs. Il ne fait pas dans le romantique non plus, le Defossé !

-Giorgio est le fils d'Éric Défossé ?

-Oui, c'est son fils ! J'ai travaillé en extra il y a deux ans lors de sa réception d'été. Il y a du « beau monde » dans la propriété à ce moment-là... Plein d'hommes célèbres. Des hommes politiques surtout, mais aussi des industriels et quelques artistes aussi... Moi, je ne les connaissais pas. Mais une fille qui travaille en cuisine me l'a dit. Ils sont tous connus ! Mais ils arrivent sur l'île très discrètement... Par la mer ! Il faut dire que c'est pas vraiment joli ce qu'il se passe cette nuit-là ! Il y a des filles partout. Des prostituées que Défossé fait venir exprès pour la fête... et vous pouvez vous imaginez la partouze... Je n'avais jamais vu ça ! Il paraît que ça s'appelle une « partie fine ». J'avais honte d'être dans cette maison... Et je n'y retournerai certainement jamais !

La seule évocation de la soirée faisait rougir Alexandra.

-Et Giorgio, il était là aussi ?

-Oui bien sûr ! Il avait amené des filles de l'extérieur. Pas des prostituées, des jeunes ! On m'a dit que certains n'aiment pas les prostituées, ils préfèrent les filles non professionnelles, un peu effarouchées... Il a essayé avec moi aussi, d'ailleurs. Mais je ne me suis pas laissée faire. Dès le service terminé, j'ai ramassé mes affaires et je suis partie. Mais certaines, moins averties, tombent dans le panneau. Il paraît qu'ils utilisent de la drogue, ces vicieux... La drogue du violeur ! Un petit jus d'orange avec ça et l'affaire est dans la poche !

Nathalie ne savait plus quoi dire, interloquée par ce qu'elle apprenait sur cet homme, dont sa fille était très probablement tombée amoureuse.

-Il est là, en ce moment, ce Giorgio ?

-Je ne sais pas. Aucune idée. Toute cette clique ne sort pratiquement pas de la propriété. Le personnel dort sur place. Mais il doit y avoir bientôt une nouvelle réception. Car le majordome m'a envoyé un message. Il cherche des extras... Il peut toujours attendre !

Bon, je suis désolée mais je crois que Caroline a besoin de moi !

Effectivement, la restauratrice se tenait à la sortie des cuisines et faisait un signe à sa serveuse.

-Merci de m'avoir raconté tout ça, Alexandra.

-Je vous en prie. Mais ne le répétez pas trop. En fait, ils m'ont fait signer un papier comme quoi je ne devais pas raconter ce que je voyais ou qui je rencontrais durant la réception... Alors...

-Pas de soucis. Je ne suis pas journaliste !

Revenue dans sa chambre, Nathalie reprit le journal de Vanille à l'avant-dernière page.

*« Chez lui aussi il y a une fête ce week-end end-là. Mais ce n'est pas son anniversaire. Ça, il me l'a quand même dit... »*

Vanille était-elle allée à la réception de Défossé ? Se pouvait-il que ce Giorgio l'y ait emmenée ?

A cette seule pensée, Nathalie eut une nausée. Elle commençait presque à regretter le temps où elle ne savait rien, avant qu'elle n'ait lu le journal de Vanille.

Mais maintenant, elle ne pouvait plus reculer. Elle sentait naître en elle une autre Nathalie, une femme nourrie par la douleur et qui voulait enfin comprendre pourquoi sa vie s'était effondrée un jour ensoleillé du mois d'Août…

## 20

*Le pouvoir, l'argent et le sexe, voilà le trio infernal qui mène les hommes.*

*Dany Laferrière / Vers le sud*

Le skipper mit les gaz et le Princess se cambra sous l'accélération, le fuselage fendant la légère houle au large de Bréhat.

Giorgio se cala dans le fauteuil du pont supérieur et fixa son attention sur la côte qui se rapprochait rapidement. Il regrettait de quitter cette île qu'il aimait beaucoup, même si la perspective de cette petite croisière en Sardaigne lui plaisait assez. C'était d'ailleurs la première fois, depuis que son père l'avait autorisé à participer à sa réception d'été, qu'il en manquerait une.

Il venait d'avoir seize ans lorsqu'Éric Défossé avait prolongé le séjour de son fils au-delà de la date fatidique. « Tu es un homme maintenant, Giorgio ! Et tu tiens de moi ! Tu vas t'amuser, j'en suis sûr ! »

A l'approche de la réception, il avait déjà été fasciné par le déploiement des moyens mis en œuvre pour la fête.

« Cette soirée, ce n'est pas seulement du plaisir, tu sais! C'est du travail ! Je travaille à ma carrière, et à la tienne aussi. J'investis pour mon avenir et pour le tien ... et pour bien d'autres choses encore, tu l'apprendras avec le temps ! »

Lorsque les « invités » arrivèrent ce soir-là, Giorgio comprit : Des ministres, des députés de tous bords, des juristes, quelques acteurs, connus ou en passe de l'être, des dirigeants de sociétés, des grands de la finance ainsi que toute une horde de bodyguards investirent la propriété « par la mer ». Il n'y avait que des hommes, suivant le concept strict de son père. Celui-ci lui les présentait les uns après les autres, fier d'introduire enfin son fils dans ce cercle d'initiés. Toutes ces personnalités du show biz, de l'industrie et de la politique attendaient en buvant du Champagne la livraison des friandises... Celles-ci arrivèrent à la nuit, par bateau elles aussi : une petite armée de femmes débarqua sur la jetée et rejoignit rapidement l'intérieur de la propriété. La fête commençait ! Il y en avait pour tous les goûts : des blondes, des brunes, des asiatiques, des africaines, des très minces et des rondelettes. Défossé avait « commandé » une jeune femme spécialement pour Giorgio, une superbe blonde qui s'était appliqué toute la nuit à lui faire connaître des plaisirs insoupçonnés, à deux, ou parfois avec la participation d'une gentille collègue. Giorgio sourit à ce souvenir ! La soirée avait été pour lui aussi bien fantastique que révélatrice, de ce qu'était le monde et de ce que serait sa vie à venir…

Depuis, il s'était habitué à ces soirées, avec ses excès, ses pâtisseries érotiques, ses coupes remplies de préservatifs, ses alcools et ses drogues.

Entretemps, l' « offre » s'était élargie, à la demande des invités, et son père faisaient venir des prostitués de sexe masculin et même quelques drag-queens…

Et puis, il avait fait installer la salle, sa «cuisine» comme il l'appelait, dans laquelle seuls quelques adeptes d'un cercle très fermé étaient autorisés à pénétrer...

Les derniers temps, toutes ces fêtes avaient un peu perdu de leur attrait pour Giorgio, et il s'étonnait parfois d'être si blasé.

Son père l'avait chargé cette fois de chaperonner un jeune client, invité lui-aussi sur le yacht de Paul, et de lui faire connaitre les boîtes branchées du nord de la Sardaigne. Encore beaucoup de nuits de débauche en perspective !

# VENDREDI

## 21

*Ne confondez jamais mon silence avec l'ignorance, mon calme avec l'acceptation ou ma gentillesse avec la faiblesse.*

*Dalaï Lama*

Marie-Annick Le Gall terminait de plier les sacs de couchages du voilier lorsqu'elle aperçut Nathalie qui remontait l'allée menant à leur maison. Elle avait passé la matinée à laver tout l'équipement du bateau et à ranger les provisions et le matériel qu'ils avaient emportés pour leur week-end de voile.

« Tu arrives à point pour boire un petit café » lui dit-elle en l'embrassant. « Je m'apprêtais tout juste à faire une pause ».

- Je suis venue vous dire au revoir. Je repars ce midi à la marée.

- Reste avec nous pour déjeuner si tu veux, les enfants sont partis acheter des moules !

- Non merci, je n'aurai pas le temps. Mais je bois volontiers un café avec toi !

Les deux femmes prirent place sur la terrasse, face à la mer. Le vent s'était levé et d'épais nuages se groupaient à l'horizon. Marie-Annick observa Nathalie alors qu'elle remuait précautionneusement son café. Il se dégageait une curieuse impression de calme et de force de sa personne, totalement en opposition avec son corps gracile.

-Les prévisions météo ne sont pas très bonnes. Je vais essayer de rentrer avant la pluie.

-Tu as découvert quelque chose concernant l'année dernière ?

-Non, pas vraiment. Je me suis peut-être fait tout un cinéma. Vanille s'est noyée et il n'y a probablement aucun mystère dans ce drame. Il me faut simplement l'accepter !

Nathalie semblait changée depuis la veille. Son regard était plus froid, plus déterminé, contrairement au détachement qu'elle exprimait.

Elle continua : « Vous connaissez vos voisins ? Ceux de la propriété de la pointe, par exemple ? »

-La villa avec la jetée ? C'est Eric Defossé qui l'a achetée il y a maintenant une quinzaine d'années. Nous le connaissons à peine. Au début, il venait très rarement sur l'île. Maintenant, il est là plus souvent à ce qu'il paraît, mais surtout l'été. Mais il ne sort pratiquement jamais, sauf par bateau. Il a fait construire la jetée privée dès le début. Et lorsque François est allé lui demander s'il pouvait éventuellement l'utiliser pour accoster de temps à autre avec le voilier, il a tout simplement répondu « non ». Il avait construit la jetée pour avoir une certaine autonomie d'accès et ne prévoyait en aucun cas de la partager « avec les touristes » ! Tu vois le genre du gars ? Sympa, quoi !

Elle se souvenait la colère que ce refus avait provoquée chez François. Jamais plus depuis ce jour son mari n'avait adressé la parole au parlementaire et lorsqu'ils le rencontraient, François et elle se contentaient d'un salut réservé.

-Il a de la famille, une femme ?

-Je crois qu'il a un fils, que François avait rencontré lors de sa visite, Augustin, si je me souviens bien. Il est divorcé, je crois. En fait, nous ne les voyons que très peu car notre maison est orientée vers le sud et tourne le dos à la propriété de Defossé. En plus, la sienne est complètement protégée par un mur d'enceinte de plusieurs mètres. Tout se passe à l'intérieur : il y a une grande piscine et j'ai même entendu dire qu'il projetait de faire construire une piste d'atterrissage pour hélicoptères… Nous remarquons parfois les allées et venues des bateaux à moteur qui apportent les provisions et les invités, mais c'est tout ! Il paraît qu'il a des amis hauts placés un peu partout… Encore un café ?

-Non, merci, je te quitte. Je me réjouis de retrouver bientôt mon restaurant, même si je reste fermée jusqu'à la fin de la semaine. Merci pour tout. Embrasse les enfants et François pour moi. » Allouant le geste à la parole, Nathalie s'était levée.

L'intérêt de Nathalie pour Defossé l'étonnait, son amie cuisinière n'étant pas du tout du genre à être impressionnée ou attirée par les célébrités.

Elles s'embrassèrent et Marie-Annick retint Nathalie chaleureusement dans ses bras, avant que celle-ci ne reparte, son petit sac à dos à l'épaule, vers le portail d'entrée de « la Rose des Vents».

## 22

*Là, tout n'est qu'ordre et beauté, luxe, calme et volupté.*

*Charles Baudelaire*

Avant de reprendre la mer pour rentrer à Loguivy, Nathalie Kerlezic avait un rendez-vous.

Elle fut introduite dans un petit salon donnant directement sur l'allée principale par un agent de sécurité, tout de bleu marine vêtu. Lorsqu'elle avait sonné à l'entrée de la propriété, l'œil d'une caméra avait recherché son image, ronronnant légèrement pendant l'observation, et une voix impersonnelle lui avait demandé la raison de sa visite. Puis, le haut portail noir s'était écarté, ouvrant sur une partie de l'immense parc. Le garde l'attendait auprès d'une petite guérite très stylée, construite en granit et en partie recouverte de lierre.

L'appel de Moretti dans la matinée n'avait fait que confirmer la cohérence des suppositions de Nathalie et sa détermination. C'était un peu comme si le destin lui ouvrait les portes, lui déroulait le tapis rouge. Et elle se sentait à ce moment comme portée par une mission qui ne dépendait plus tout à fait de sa propre volonté. Pour cette raison, elle avait préféré ne pas parler à Marie-Annick de l'emploi de cuisinière en extra qu'elle venait d'accepter par téléphone. Elle aurait été d'ailleurs incapable d'expliquer à son amie la raison de son engagement. Elle-même ne comprenait pas vraiment pourquoi Moretti s'adressait à elle et elle n'avait aucune idée d'où cela la mènerait. Mais elle ne croyait pas au hasard, et voyait en cette opportunité l'occasion de comprendre mieux ce qu'il s'était passé en août dernier et peut-être de faire enfin connaissance avec Giorgio.

Le petit salon où elle se trouvait était décoré tout en ocre et noir, alliant les classiques design de Le Corbusier à des meubles bretons relookés. Le mélange était des plus osés mais l'esthétique qui en découlait révélait le talent certain d'un bon architecte d'intérieur.

Nathalie avait tout juste eu le temps d'inspecter le décor lorsque Moretti pénétra dans la pièce, envahissant aussitôt le petit salon de son imposante carrure. Nathalie évalua son âge à quarante-cinq ans environ. Il portait ses cheveux noirs pratiquement rasés, essayant probablement de cacher sa calvitie déjà très avancée. Habillé d'un jean bien coupé, d'un polo et d'un blazer d'été bleu marine, il aurait pu passer pour un riche Italien sur la croisette.

Ses yeux très foncés se posèrent sur Nathalie, la toisant sans vergogne. Son visage bronzé s'anima d'un sourire un peu forcé et il tendit son énorme main pour saluer la visiteuse.

Nathalie s'efforça de compenser le déséquilibre des tailles par une poignée très ferme et fut plutôt surprise de la mollesse de celle qui y répondit.

« Madame Kerlezic, vous êtes notre sauveuse ! Je suis tellement heureux que vous acceptiez de travailler pour nous ce week-end. Et j'espère que nous poursuivrons longtemps cette coopération. Mais venez dans mon bureau, nous parlerons de la mission. »

Comme mal à l'aise dans cette pièce trop petite pour son volume, Moretti s'empressa de sortir du salon et traversa à grandes enjambées une vaste entrée carrelée de marbre blanc, au-delà de laquelle une double porte vitrée donnait sur un gigantesque séjour, décoré dans les tons de blanc et beige, et dont les baies s'ouvraient sur le parc côté mer.

Nathalie avait quelques difficultés à suivre le majordome, effectuant deux pas lorsque l'autre en faisait un. Ils descendirent un étage afin d'accéder à un sous-sol abritant d'un côté l'intendance et de l'autre une piscine couverte donnant sur une salle de sport. Les cloisons vitrées de cette aire de loisirs laissaient passer la luminosité dispensée par l'éclairage artificiel destiné à la flore luxuriante qui la décorait.

Le bureau de Moretti se trouvait juste à côté de l'espace détente et une fenêtre donnait sur la piscine et sa petite jungle, conférant à la pièce une ambiance exotique que l'ameublement de style colonial ne faisait qu'accentuer.

Moretti ferma la porte et indiqua d'un geste l'un des deux confortables fauteuils de cuir qui trônaient en face du bureau.

Tous ses sens en éveils, Nathalie scrutait tout, essayant de capter chaque détail de son environnement. Vanille était-elle entrée dans cette maison avec Giorgio? Était-il possible qu'elle ait vu ce décor, senti cette doucereuse odeur de santal et de frangipanier qui flottait dans l'air ?

Antonio Moretti tendait déjà les menus prévus pour la réception à Nathalie.

-Je suis certain que tout ça ne posera aucun problème à une bonne cuisinière comme vous. Et de plus, nous commandons beaucoup de produits de traiteurs pré- cuisinés. Il s'agit surtout de diriger le personnel. Nous embauchons de nombreux extras pour le service et en préparation, mais ceux-ci doivent être chapeautés par quelqu'un d'expérience qui coordonne les opérations en cuisine parallèlement au service.

Nathalie écoutait en souriant, feuilletant les pages que Moretti lui avait remises. Relevant les yeux, elle lui demanda calmement :

-Les pâtisseries « Pénis » et « Vulves », c'est moi qui les ferai ?

Moretti ignora le sourire ironique de son interlocutrice et répondit avec aplomb :

- Euh, non, bien sûr ! Elles seront livrées en surgelé. Vous n'aurez qu'à les décongeler.

D'ailleurs vous abordez là un sujet dont je voulais parler avec vous... Cette réception est un peu spéciale. Vous n'aurez pas à quitter les cuisines, mais vous vous apercevrez certainement que L'Amour est à l'honneur dans tous les coins de la maison... » . Antonio Moretti parlait très vite, espérant peut-être ainsi classer le sujet plus rapidement.

- L'amour, ou le sexe ? demanda Nathalie avec un sourire froid.

Sans répondre à la question, Moretti poursuivit: « Je vais d'ailleurs devoir vous faire signer une convention de confidentialité… » Alliant le geste à la parole, il tendit un contrat à Nathalie.

-Je vous demanderai de bien lire ce contrat et sa convention et de la signer si vous êtes d'accord avec son contenu. Vous pouvez emporter le document pour y réfléchir, si vous le préférez…

-Je vais signer la convention tout de suite, pas de problème » répondit-elle calmement. « Si vous avez un stylo…

Moretti s'empressa de lui tendre l'objet désiré et reprit le document d'un air soulagé pour y apposer sa propre signature.

-Je vous fais une copie et tout est parfait. Le mieux est que vous veniez à la villa demain matin. Vers onze heures, si possible. Nous verrons ensemble les détails de votre mission et nous aurons une réunion avec tout le personnel de service et de cuisine dans l'après-midi. J'espère avoir trouvé d'ici-là tous les extras dont j'aurai besoin… Si vous connaissez quelqu'un, d'ailleurs, n'hésitez pas à m'envoyer les coordonnées !
Voilà, je suis ravi de travailler avec vous ! Ah oui, Monsieur Defossé voulait vous rencontrer… Si vous avez un peu de temps, je vous conduis à son bureau. Mais avant, je vous montre l'office !

La cuisine de la propriété était un vaste espace professionnel superbement équipé, offrant plusieurs postes de travail, une chambre froide très ordonnée et une zone dédiée au service parfaitement conçue. Deux personnes travaillaient à la préparation du déjeuner et Antonio Moretti les lui présenta. Camille était une solide femme d'une quarante d'années dont le regard franc et quelque peu effronté attestait de son aplomb. Totalement à l'opposé, la timidité de Stéphanie, une jeune apprentie d'à peine vingt ans, était flagrante. Ses gestes empruntés et son élocution incertaine témoignaient de son manque total de confiance en soi.

Après la visite de la cuisine, Moretti la conduisit dans le bureau de Defossé.

Nathalie ne pouvait s'empêcher de chercher des yeux un beau jeune homme brun, ce Giorgio tant attendu. Mais ils ne croisèrent personne répondant à la description…

Situé au rez-de-chaussée, le bureau du propriétaire était beaucoup plus vaste que celui du majordome et comprenait un petit coin salon dans lequel Antonio Moretti lui demanda de prendre place. Les meubles de bois clair s'accordaient parfaitement avec la décoration dont les camaïeux de bleu rappelaient les tons de la mer que l'on apercevait par la porte-fenêtre derrière le bureau. Un superbe tableau contemporain de grand format était accroché au-dessus du canapé en cuir beige où elle avait pris place. Nathalie reconnut le style particulier du peintre paimpolais qui l'avait réalisé et qu'elle appréciait beaucoup. La même odeur de fleurs exotiques qu'à l'étage du dessous flottait dans l'air. La pièce était totalement silencieuse, l'insonorisation ne laissant passer aucun des bruits du dehors, ce qui conférait au paysage que l'on apercevait au-delà des vitres quelque chose d'artificiel.

Impatiente de rencontrer Defossé, elle restait cependant sereine, comme déconnectée de toute émotion.

Après une dizaine de minutes, la porte s'ouvrit enfin, et il entra. Même si Nathalie avait fait quelques recherches sur Internet où elle avait vu des photos du parlementaire, elle ne s'attendait pas à l'homme qui lui faisait face, beaucoup plus petit qu'elle ne l'avait imaginé. Elle savait qu'il avoisinait la soixantaine mais il faisait plus que son âge, sans doute à cause de son estomac proéminent, de la calvitie naissante qu'il s'efforçait de cacher par des cheveux trop longs, et des poches qui alourdissaient son regard. A l'opposé de Moretti, Defossé portait une tenue décontractée : un bermuda dont le bleu ciel s'accordait lui aussi parfaitement avec les tons de la pièce, une chemise beige dont il portait les manches retroussées jusqu'aux coudes et des sandales Birkenstock qui laissaient voir ses pieds parfaitement pédicurés.

« Madame Kerlezic, comme je suis heureux que vous acceptiez de travailler pour nous. J'ai beaucoup entendu parler de vous et de votre restaurant, même si je n'ai pas eu l'occasion de gouter à votre cuisine jusqu'à présent !

Nathalie prit la main que lui tendait Defossé et lui rendit sa poignée ferme, avant de répondre en souriant :

-Je crains de ne pas pouvoir exprimer beaucoup ma cuisine lors de votre réception. Monsieur Moretti m'a expliqué que la plupart des plats sont pré-cuisinés !

-Effectivement, Antonio préfère s'adresser à des traiteurs qu'il connaît car la particularité de la réception complique la logistique du service. Vous verrez...

-Oui, j'ai compris qu'il s'agit d'une soirée assez particulière... Votre fils sera-t-il là lui aussi ? Je crois que m'a fille avait fait sa connaissance, l'an dernier...

-Je ne savais pas qu'il connaissait votre fille...En êtes-vous certaine ? Je pense qu'il m'en aurait parlé... J'ai appris le tragique accident qui vous l'a arrachée... Je suis désolé. C'est un drame pour une mère que de perdre son enfant si brusquement !... Puis-je vous offrir quelque chose à boire ? Que prendrez-vous ? Un verre de vin peut-être ? J'ai un délicieux Rosé de Provence.

- Merci. Un verre d'eau fera l'affaire.

Nathalie ne savait pas où cet entretien allait la mener mais elle se sentait comme happée par un tourbillon qui l'entraînait vers un abîme des plus incertains. Pourquoi Defossé voulait-il la rencontrer ? Etait-il possible que son interlocuteur sache qu'elle recherchait Giorgio et la proposition de travail en cuisine n'était-elle en rien due au hasard...

Alors que Defossé décapsulait une bouteille d'eau qu'il avait sortie d'un petit réfrigérateur judicieusement installé dans la commode-bar du coin salon, il continua :

-Mon fils Augustin ne sera malheureusement pas à la réception. Il a dû quitter l'île hier soir. Il le regrette beaucoup d'ailleurs. Il adore être à Bréhat !

Nathalie ne comprenait pas pourquoi il parlait lui aussi d'Augustin. Alexandra avait bien confirmé que Giorgio était le fils de Defossé. Cependant

Marie-Annick avait, elle aussi, mentionné un Augustin. Y avait-il deux fils ?

-Le garçon que connaissait ma fille était Giorgio et non Augustin. Votre autre fils peut-être ?...

-Non les deux prénoms appartiennent à mon seul fils. Giorgio est son surnom, en fait. Mais il le préfère à son véritable prénom ».

Nathalie s'efforça de cacher sa déception quant à l'absence du jeune homme. Elle qui avait accepté le job en cuisine afin de pouvoir enfin le rencontrer... Defossé changea de sujet : « Votre restaurant est à Loguivy, je crois ?

-Effectivement, pas très loin du port. Peut-être aurais-je le plaisir de vous y accueillir un soir ?

-Pourquoi pas, je serais heureux de goûter à votre cuisine. Antonio vous a-t-il fait visiter la propriété ?

-Il m'a montré la cuisine. Elle est parfaitement équipée. Et j'ai pu admirer votre espace détente par les baies vitrées... Superbe !

-J'ai beaucoup modifié la propriété depuis que je l'ai acquise. Et je l'ai agrandie aussi ! Hormis l'espace détente à l'intérieur, j'ai fait construire une belle piscine extérieure. Ça n'a pas été vraiment facile car le terrain est directement posé sur le rocher. Mais j'y suis arrivé ! Comme toujours...

-Rien ne vous résiste, Monsieur Defossé ! répondit-elle avec un sourire ironique.

Il sourit en réponse à la remarque acérée de Nathalie et vida son verre en une seule fois.

-Si vous voulez, je vous montre la propriété. Elle recèle quelques trésors...

L'amabilité surfaite de Defossé durant la visite déstabilisa quelque peu Nathalie. Ce type était-il véritablement lié à la disparition de Vanille ? Son Giorgio avait-il vraiment été l'amoureux de sa fille ? Tout ce qui semblait si clair à Nathalie le soir précédent devenait plus flou maintenant. Cet homme était-il seulement un peu obsédé de sexe ou bien jouait-il vraiment un jeu plus dangereux ? Vanille était-elle jamais venue dans cette maison ? Elle ne pouvait décidément pas s'imaginer sa fille dans cet environnement surfait.

Defossé redoubla d'affabilité durant la visite de sa propriété. Il lui montra le grand salon qui donnait sur la terrasse et la piscine extérieure, la superbe salle à manger, la salle de sport et l'espace de nage à contrecourant. Revenus dans la vaste entrée, il prit congé de Nathalie en lui serrant la main chaleureusement, comme s'ils étaient amis depuis longtemps...
-A demain, Nathalie ! Je suis heureux que vous participiez à notre réception.

## 23

*Tout est affaire de point de vue, et le malheur n'est souvent que le signe d'une fausse interprétation de la vie.*

*Henry De Montherlant*

Le retour à Loguivy s'était déroulé sans problème malgré une belle averse qu'elle avait essuyée peu avant son arrivée au port. Nathalie déverrouilla la porte de son restaurant, trempée, mais soulagée de se retrouver chez elle. Elle avait préféré rentrer plutôt que de passer une nuit supplémentaire à Bréhat, quitte à refaire le trajet le lendemain. Elle avait besoin du calme de son domaine pour réfléchir et se recentrer.

Après s'être douchée, elle appela Marion qui avait laissé plusieurs messages sur son portable. Depuis le court texto qu'elle avait laissé à son amie pour l'informer de son départ pour Bréhat, elle avait préféré ne pas lui relater ses activités sur l'île. Et maintenant, elle n'était toujours pas certaine de vouloir tout raconter, le journal de Vanille, le petit mot, sa recherche de Giorgio, la villa de Defossé...

Un peu déroutée par l'accueil plutôt chaleureux de Defossé et de Moretti, elle n'était plus sûre de rien. Ses soupçons à l'encontre de Giorgio, ses suppositions rocambolesques, tout cela lui semblait maintenant un peu absurde et même quelque peu ridicule… Se pouvait-il que le choc émotionnel provoqué par le rangement de la chambre de sa fille ait occasionné une paranoïa passagère ? Vanille s'était-elle tout simplement noyée, comme l'affirmait le Capitaine Legrand ?

Elle raconta à Marion qu'elle avait ressenti le besoin de faire un petit pèlerinage à Bréhat et que cela lui avait fait du bien. Elle omit volontairement de parler de Defossé et de son job du lendemain en cuisine, plus du tout persuadée d'avoir envie de participer à cette curieuse réception, maintenant qu'elle savait que Giorgio ne serait pas présent… Elle demanda à Marion comment leur randonnée se passait, adoptant un ton badin, sans toutefois être certaine de déjouer la perspicacité de son amie, qui devinait toujours lorsque Nathalie lui cachait quelque chose.

Afin de se remettre les idées en place, elle décida de se cuisiner un risotto aux cèpes. Rassérénée par les délicieuses odeurs qui envahissaient de nouveau sa cuisine, elle se concentra sur la préparation de son dîner.

Elle repensa à Moretti, qui semblait si soulagé qu'elle ait accepté de travailler en extra, et décida de préparer ses affaires pour le lendemain. Cela n'était pas dans son caractère de ne pas honorer ses engagements. Elle partirait dès le matin pour Bréhat et dirigerait, comme prévu, la brigade de cuisine. Peut-être cette nouvelle expérience la distrairait-elle de ses pensées lugubres... Et puis, ce serait aussi l'occasion de rencontrer quelques personnalités. La jeune Alexandra avait probablement un peu noirci le tableau. Tout cela serait sans doute plutôt bon enfant !

Et de plus, ce serait certainement l'occasion d'obtenir auprès du personnel de la villa, quelques renseignements sur ce fameux Giorgio...

## 24

*Parfois on ne peut aider les gens. Parfois il vaut même mieux ne pas essayer.*

*La Ligne verte / Stephen King*

A son arrivée chez lui, Legrand se dirigea directement vers son bureau. Il se réjouissait particulièrement de ce week-end : leur fille aînée, Julie, arriverait un peu plus tard dans la soirée et prévoyait de passer « une petite semaine », comme elle le disait toujours, dans la jolie longère de ses parents. Et cette fois-ci, elle amenait même son copain… L'officialisation de sa relation avec son compagnon d'étude et la présentation à ses parents rendait l'épouse de Legrand un peu nerveuse. Dès l'entrée, le Capitaine avait remarqué les préparatifs réalisés par sa femme : la maison resplendissait de propreté, une tarte aux fraises attendait sur l'ilot de la cuisine et une délicieuse odeur de rôti s'échappait du four allumé. Il aperçut son épouse par la porte fenêtre de son bureau et ne put réprimer un sourire lorsqu'il comprit qu'elle cueillait des fleurs du jardin pour composer un des bouquets dont elle avait le secret.

Il sortit une chemise cartonnée vert pâle de sa serviette en cuir et la posa sur son bureau. Depuis deux jours, il hésitait. Il voulait relire au calme ce rapport avant de prendre sa décision. Et cette décision, il voulait la prendre avant l'arrivée de sa fille, avant que le week-end ne commence véritablement.

A la suite de sa conversation avec Defossé, il s'était forcé à lire le document avant de le faire disparaitre. Au moment du décès de la jeune fille, il l'avait classé sans plus s'y intéresser, suivant avec soulagement les directives qu'on lui avait données.

Il détestait le vocabulaire scientifique et qui plus est, médical. Mais avant de détruire le document, il voulait comprendre. En s'aidant d'Internet pour interpréter correctement les termes techniques, il avait lu le rapport d'autopsie dans son intégralité, s'appliquant à en détailler chaque page : L'examen radiologique, l'examen externe, le degré de décomposition, les lésions traumatiques, les blessures postérieures au décès, probablement occasionnées par les moteurs des bateaux et le chalut du pêcheur qui l'avaient repêchée. La coloration anormale de la peau due à l'immersion.

Mais il avait également lu ce qui touchait aux lésions sur les seins, antérieures à la mort, la description des organes génitaux externes, les lésions génitales... Les lésions anales... Et puis l'autopsie proprement dite, l'examen des organes internes, l'analyse toxicologique...

A la fin de sa lecture, Legrand tourna et retourna le document, le tenant du bout des doigts, comme on le ferait avec un objet brulant, ou infectieux !

Il entendit sa femme rentrer en chantonnant. Dehors le temps se couvrait. Ils ne pourraient pas prendre l'apéritif sur la terrasse, comme ils l'avaient prévu. Sur la grève, une famille de vacanciers pressait le pas pour se mettre à l'abri avant l'averse. La maison était construite en bordure directe de la plage et offrait une vue imprenable sur la baie et les ilots avoisinants. Il pensa à sa plus jeune fille, Maëlle, qui fêterait bientôt ses seize ans... Il pensa aussi à sa femme, si attachée à leur belle propriété et à sa région, au prêt qu'il avait souscrit pour le financement des travaux de la maison, et qui était loin d'être remboursé... Il pensa à son travail, à sa retraite qui pointait déjà à l'horizon. Au coup de pouce que Defossé lui avait promis pour l'avancement de sa carrière dans un peu moins d'un an...

Il mit le destructeur de document en marche et d'un geste ferme, inséra le document. Le rapport fut aussitôt happé et lacéré par la machine. Les fines languettes de papier ressortirent en dessous de l'unité de coupe et retombèrent dans la corbeille poubelle.

Voilà. C'était fait.

Peut-être qu'il valait mieux parfois ne pas tout comprendre…

# SAMEDI

## 25

*Avant toute autre chose, la préparation est la clé du succès.*

*Alexander Graham Bell*

Nathalie amarra son bateau une nouvelle fois à la bouée des Le Gall et répéta la manœuvre exécutée quelques jours plus tôt. Chargée de son sac à dos, elle se dirigea cette fois-ci directement vers la propriété de Defossé.

Lorsqu'elle atteignit le portail, le ciel se dégagea enfin, libérant le soleil qui inonda aussitôt l'île de sa luminosité. Le garde répondit rapidement à son coup de sonnette, et la laissa entrer aussitôt, probablement averti de son arrivée par Moretti.
Le gazon de la propriété était encore mouillé et l'évaporation de l'humidité au soleil provoquait une légère fumée à la surface du sol, donnant au parc des contours flous qui lui conféraient un aspect quelque peu irréel.

De nombreux employés s'affairaient sur la terrasse, installaient des tables, des sièges, secouaient des coussins et disposaient des dessertes. A l'intérieur de la villa l'aménagement était déjà presque parfait. On avait apporté de nombreux meubles supplémentaires, des méridiennes avaient été placées un peu partout dans la vaste pièce et deux jeunes femmes s'occupaient de la décoration florale.

Le garde accompagna Nathalie en cuisine où elle retrouva Moretti. Camille et Stéphanie s'affairaient déjà à la préparation des verres qu'elles plaçaient sur de grands plateaux de service après les avoir essuyés. Penché sur une pile de cartons, Moretti semblait occupé à contrôler les marchandises fraîchement arrivées et encore empilées sur un chariot

Il était flagrant que le Majordome était très stressé. Les manches de sa chemise blanche remontées jusqu'au coude, il consultait nerveusement le listing de la livraison.

Nathalie se dirigea vers lui après avoir déposé son sac à dos dans un coin de la pièce. Dès qu'il la vit, Moretti redressa son imposante carrure.

-Nathalie, bonjour ! Je peux vous appeler par votre prénom ? Appelez-moi Antonio s'il vous plaît !

-Bonjour Antonio ! Donnez-moi ce bon de livraison. Je vais cocher les marchandises et les entreposer en fonction du menu. De toute façon, ce sera à moi de gérer la préparation du dîner, alors je préfère organiser tout ça moi-même.

C'est avec un soulagement apparent que Moretti lui remit la liste et le stylo.

-Vous avez raison. Je vous fais entièrement confiance. J'ai réussi à avoir quatre extras pour le service. Ils devraient arriver vers 19h. Nous les recevrons ensemble. D'ici là, j'ai beaucoup de choses à gérer. Le premier bateau avec les invités devrait arriver vers 20h, un second vers 20h30. Nous avons 25 invités. Moretti marqua une courte pause. Plus une trentaine d'autres qui arriveront vers 23h... Il avait baissé le ton pour ajouter cette phrase.

Nathalie remarqua Camille qui pouffait de rire en essuyant les verres en lançant un clin d'œil à Stephanie, qui elle, restait fidèle à son air mélancolique.

Après un « Bon, je vous laisse. A plus tard ! » Moretti s'éloigna à grandes enjambées en direction de la sortie de l'office.

Délaissant le bon de livraison un instant, Nathalie prit le temps de saluer correctement les deux employées de cuisine, ses deux collègues pour la soirée à venir.

Avant de commencer son travail, elle revêtit la tenue réglementaire blanche que Moretti avait laissée pour elle et se sentit aussitôt à l'étroit. La veste de cuisine était pourtant d'excellente qualité et d'une coupe recherchée et élégante, associant un boutonnage asymétrique noir et des revers de manches de même couleur. Nathalie regretta cependant le confort de ses robes colorées et se promit de rester fidèle à sa tenue favorite dans sa cuisine.
Mais aujourd'hui, il ne s'agissait pas d'être créative et cette camisole de chef de cuisine ferait l'affaire.
Camille et Stéphanie avaient terminé de préparer les verres. Nathalie laissa la jeune fille dresser les plats de service et demanda à Camille de l'aider dans le garde-manger. La commis de cuisine se réjouissait ouvertement de la fête et sa bonne humeur faisait plaisir à voir. Tout était pré-cuisiné et les deux femmes eurent rapidement terminé de planifier la décongélation et le montage des plats. Elles commencèrent à établir ensemble un planning de travail suivant les étapes de la soirée.
-Qui sont ces invités qui arrivent vers 23h ?

Camille se mit de nouveau à pouffer de rire en lançant des regards entendus vers Stéphanie qui continuait, imperturbable, à préparer les plats.

Voyant que Nathalie attendait une réponse d'elle, la commis se reprit et lança d'un air provoquant : « Ce sont les putes ! »

Nathalie ne réagit qu'en levant les sourcils et face au silence de la cheffe, Camille continua :

« Oui, les prostitués, quoi ! Des femmes et des hommes… et d'autres « entre les deux ! » »

Elle recommença à rire « Ah, vous verrez, ça vaut la peine ! Il y a du spectacle ! »

Essayant de garder son calme, Nathalie demanda : « Et elles mangent aussi, ces prostituées ? »

-Oui mais seulement après les festivités, vers 5 heures du mat'. Il y a d'ailleurs un repas prévu à cette heure-là …

Effectivement, sur la deuxième page des menus, Nathalie trouva la mention de ce repas, prévu à cinq heures du matin et qui devait être servi « pour le personnel de divertissement » à l'office et « pour les invités » dans l'aile nord du grand salon.

-Et après ?

- Après, tout le monde repart. Il y a plusieurs bateaux confortables pour les invités. Les putes repartent tous ensemble, en bateau aussi. Il paraît qu'il y a un bus qui les attend au port.

-Et d'où vient tout ce beau monde ?

-D'un peu partout je suppose. Il y en a qui ont un accent en tous cas ! Mais je sais qu'il existe « un fournisseur » qui travaille depuis des années avec Monsieur Moretti.

Nathalie n'en croyait pas ses oreilles. Camille semblait toute fière d'être en mesure de donner ces précisions.

-Et « Les festivités », c'est quoi exactement ?

-Oh, c'est clair ! Ils baisent partout. Il y en a dans la piscine, au bord de la piscine. Dehors, dedans, dans la salle de sport, au salon... » Nathalie revit les nombreuses méridiennes disposées dans la grande pièce et ne put s'empêcher d'imaginer la scène, se demandant si elle avait vraiment bien fait d'accepter ce contrat...

-Et Giorgio, le fils, comment est-il ?

-Ah, Giorgio....

---

Moretti se permit un énorme soupir de soulagement. Tout était enfin prêt! Les extras allaient bientôt arriver, le traiteur avait livré, on travaillait en cuisine et les invités étaient en route. Il arrêta son ordinateur portable et rangea les documents éparpillés sur son bureau. Il aimait l'ordre, certains l'auraient peut-être même qualifié de maniaque…

Il était ravi que Kerlezic ait accepté de gérer la cuisine pour la soirée. C'était vraiment une bonne idée du patron. Trouver un cuisinier en extra en pleine saison, c'était mission impossible ! Le cuisinier chef les avait quittés sur un coup de tête et depuis le début de l'été, Moretti se chargeait lui-même de diriger les employés de la cuisine, de planifier les menus et de gérer l'approvisionnement. Une charge de travail énorme pour laquelle il pensait d'ailleurs négocier avec Defossé une augmentation de son salaire si le problème n'était pas rapidement résolu.

Il se demandait bien pourquoi le patron s'intéressait à Kerlezic et ce qu'il lui avait raconté la veille. Cela n'était pas dans ses habitudes de vouloir rencontrer le personnel de cuisine. Ou du moins, pas de cette manière… Cette Nathalie n'était pas mal du tout. Elle lui plaisait probablement… Sans doute en profiterait-il un peu !

Il sortit de son bureau et passa devant la porte de « la cuisine » de Defossé. Il était le seul employé à avoir le droit de pénétrer dans cette pièce. L'endroit était complètement tabou pour le reste du personnel. Du coup, c'était lui qui nettoyait... et préparait. Pas toujours facile et souvent plutôt repoussant.

De toute façon, ce n'était pas son truc à lui. Il n'était pas un ange, mais ça, ça ne lui plaisait pas... Et puis, c'était dangereux... Quand il pensait à l'été dernier... Heureusement que le patron et lui avaient réussi à résoudre le problème....

## 26

*Les pressentiments, les sympathies et les signes sont trois choses étranges qui, ensemble, forment un mystère dont l'humanité n'a pas encore trouvé la clef.*

Charlotte Brontë - Jane Eyre -

Après s'être extraite de ses chaussures et chaussettes de randonnée, Marion s'allongea sur le lit et le sommier un peu fatigué émit un long gémissement. Ils avaient essuyé une belle averse en arrivant près de la Chapelle Saint Michel et avaient dû se réfugier sous le porche du vieux bâtiment de pierres, avant d'être récompensés par un magnifique arc-en-ciel au-dessus des Monts d'Arrée. Patrick, qui ne portait pas sa veste imperméable, avait été complètement trempé et il avait bien gagné de se doucher en premier à leur arrivée au gîte de Brasparts. Marion massa doucement ses pieds et ses mollets. Après six jours de randonnée, le corps s'habituait, cédait à la pression des kilomètres. Les douleurs étaient devenues très supportables. Un peu d'arnica sur les muscles endoloris aurait raison des dernières courbatures.

Elle sortit son portable de la poche de son sac à dos. Aucun message de leur fils Thomas. Cela ne l'étonnait aucunement... Aucun message de Nathalie non plus. Elle se souvint de la conversation qu'elle avait eue la veille avec elle. Elle ne comprenait absolument pas pourquoi son amie avait éprouvé le besoin d'aller à Bréhat. Si brusquement. Lorsqu'elles avaient rangé ensemble la chambre de Vanille, Nathalie n'avait pas du tout exprimé le souhait de retourner sur l'île. Qu'était-elle allée y faire en plein mois d'août, elle qui détestait l'affluence ? Ce pèlerinage n'avait pas de sens et ne lui ressemblait pas du tout. Nathalie lui cachait certainement quelque chose.

Par la porte ouverte de la salle de bain, Marion entendait l'eau ruisseler sur le corps de Patrick. Elle avait toujours adoré le bruit de la douche dont la sensualité l'avait toujours émue. Elle imaginait la peau bronzée et luisante de son mari, ses mains puissantes savonnant ses muscles endoloris. Elle se leva d'un bond, retira son t-shirt et son short et se glissa dans la salle de bain.

## 27

*Tu sais peindre les dieux et les héros,
citoyen peintre ?
C'est une assemblée de héros que nous te
demandons.
Peins-les comme des dieux ou des monstres, ou
même comme des hommes, si le cœur t'en dit.*

Pierre Michon/ Les Onze

Entretemps tous les invités étaient arrivés, par les deux bateaux, comme l'avait décrit Moretti. A aucun moment de l'après-midi, Nathalie n'avait croisé Defossé mais elle l'avait rencontré lorsqu'elle était montée pour rectifier l'arrangement du buffet.

Le deuxième bateau venait d'accoster et le parlementaire saluait l'arrivée des convives. On ne pouvait qu'admirer la prestance et l'assurance du petit homme face à cette assemblée disparate. Tout en revoyant la disposition des mets sur la grande table, Nathalie avait observé le parlementaire et ses invités.

Defossé portait un pantalon de lin blanc, dont la coupe parfaite cachait avantageusement son embonpoint et une chemise à col mao finement rayée de brun. Nu pieds dans d'élégantes chaussures en toile et cuir, il allait de l'un à l'autre, adaptant son sourire, ses gestes et sa mimique à chacun. Nathalie ne put s'empêcher d'admirer la prestation théâtrale du parlementaire qui semblait trouver le mot, la phrase, le geste ou la blague adéquate pour chacun de ses invités.

Il n'y avait que des hommes. La cuisinière rechercha des yeux une silhouette féminine, un homme accompagné de sa femme ou de son amie, mais l'assemblée était résolument masculine, ce qui lui conférait quelque chose d'étrange et d'incongru. S'éternisant volontairement à l'étage de la réception, elle saisit le prétexte de rassembler les verres déjà vidés pour observer un peu les invités. Il y avait là des hommes de tous âges, ou presque, même si la grosse moyenne se situait sans doute vers cinquante-cinq ans. Elle reconnut effectivement quelques visages connus du show business et plusieurs hommes politiques. Elle aperçut l'un de ses acteurs préférés, adossé négligemment à l'une des colonnes marquant l'entrée de la pièce. A l'écran, il était très attrayant mais elle trouva son physique terriblement décevant. Ses cheveux trop longs et mal coupés, loin de lui donner un air bohème, lui conféraient plutôt un aspect négligé et son teint grisâtre semblait témoigner d'un mode de vie des plus malsains. Tous portaient des tenues décontractées, plus ou moins élégantes. De petits groupes se formaient peu à peu autour des tables de cocktail, rassemblant parfois des personnalités disparates, les uns exubérants, les autres plutôt réservés, et l'on pouvait se demander quel était le dénominateur commun de cette curieuse assemblée masculine.

-Nathalie, comment se passe le service ? » Defossé l'avait entourée de ses petits bras puissants et elle sursauta à ce contact. « Cette veste de cuisine vous sied à merveille!

-Tout va très bien, Monsieur Defossé. Je voulais m'assurer que tout est en ordre. » Nathalie exécuta une pirouette sur elle-même afin de se soustraire à l'embrassade du maître de maison et reprit le chemin des cuisines pendant que Defossé lui lançait :

-J'aime beaucoup votre professionnalisme, Nathalie…

## 28

*J'ai tendu des cordes de clocher à clocher ; des guirlandes de fenêtre à fenêtre ; des chaînes d'or d'étoile à étoile, et je danse.*

Arthur Rimbaud

« Fumer nuit gravement à votre santé et à celle de votre entourage » A la lecture de l'avertissement, il ne put retenir un sourire ironique. Il sortit une cigarette de l'étui et l'alluma, avant de la porter nerveusement à ses lèvres. Giorgio ne fumait que très périodiquement. Il pouvait s'adonner au tabagisme de façon excessive pendant quelques semaines et puis arrêter brusquement pour ne plus fumer pendant des mois. En fait, il n'aimait pas le tabac. Il se sentait attiré par la tabagie, comme il se sentait attiré par le sexe, sans être vraiment sûr de l'aimer véritablement. C'était une habitude, un sport, une dépendance peut-être. C'était la seule chose qu'il faisait avec les femmes. Son père lui avait enseigné très tôt à voir dans l'autre sexe une opportunité de s'amuser, d'assouvir des besoins, de vivre des fantasmes. Rien d'autre.

« Rien d'autre !! » avait dit son père.

« Et l'Amour ? »

Defossé s'était mis à rire, de ce rire fort et gras qu'il dégainait parfois comme une arme pour intimider et ridiculiser son auditoire.

« L'Amour, ça n'existe pas Giorgio ! C'est un mythe, une chimère, un rêve de gonzesse ! Ce qui existe, c'est le sexe !

Giorgio avait vécu ainsi, de fille en fille, de femme en femme, cherchant un plaisir toujours plus intense, des expériences toujours plus rares, entouré de femmes qui s'offraient à lui pour la même raison, par intérêt ou bien parce qu'elles en faisaient une profession.

Ce soir, à Bréhat, c'était la réception du mois d'août. En fait, il ne regrettait même pas de ne pas y être. Ce serait comme à chaque fois une débauche de sexe, de drogue, d'alcool…

Et sur ce yacht de milliardaire, c'était un peu la même chose. Il s'ennuyait terriblement en fait !

Depuis quelques jours, il se remémorait sans cesse l'été dernier et la douce Vanille. La seule fille qu'il ait connu et avec qui il n'ait jamais couché…

Son père avait tenu à l'éloigner de Bréhat et son insistance avait fait remonter toute l'incohérence des événements de l'été passé, le refus de son père de lui expliquer quoi que ce soit, la noyade de Vanille, la photo de sa mère, dévastée, dans le journal, l'article qui mentionnait l'âge véritable de la jeune fille…

Il ne l'avait connue que très peu mais ces quelques moments ne ressemblaient à rien d'autre de ce qu'il avait vécu jusque-là. Il entendait encore la voix de Vanille lorsqu'elle lui avait déclamé des poèmes de Rimbaud, se souvenait de sa passion lorsqu'elle parlait de la mer, de l'élégance de son corps lorsqu'elle nageait dans la baie.

« Elle a paniqué, lui avait dit son père, elle a eu peur et je l'ai laissée partir. Elle a couru vers la mer et elle est partie à la nage. Voilà. Elle s'est noyée, c'est tout ! C'est très triste mais c'est tout.

Il lui en avait tellement voulu ce soir-là, de lui voler cette jeune-fille si particulière.

Et il s'en voulait aussi d'avoir amené Vanille à la villa. Treize ans ! Elle n'avait que treize ans ! Tout à coup, sa vie lui paraissait absurde et insensée. Il ne possédait ni véritables passions, ni véritables talents et sa vie se décidait au rythme des opportunités offertes par les amis de son père.

Il écrasa rageusement la cigarette dans le cendrier en entendant les filles qui arrivaient vers lui en jacassant, une flûte de Champagne à la main.

Comme il aurait aimé maintenant entendre des poèmes de Rimbaud….

## 29

*Aucune mère ne devrait avoir à supporter ça. La mort de l'enfant, c'est le pire de la mort.*

*Anne Percin / Le premier été*

Marie-Annick referma la fenêtre de la chambre. Le vent apportait par bourrasques des bruits de voix et de rires. Elle se recoucha auprès de son mari. François dormait déjà profondément et ne semblait pas dérangé du tout par les échos de la fête de leur voisin.

Les premières fois où le parlementaire avait organisé sa réception, peu après qu'il ait fait l'acquisition de la propriété, il avait envoyé une lettre à tous les habitants de la baie afin de s'excuser pour le bruit éventuel provoqué par l'invitation. Très souvent, les Le Gall n'avaient rien entendu, la villa de Defossé se trouvant à l'opposé de la baie et à proximité d'aucune habitation. C'était seulement lorsque le vent venait du nord est, comme ce soir, que l'on pouvait percevoir le bruit de la fête. Entretemps, aucune lettre n'avertissait plus de la réception, mais il semblait bien qu'elle continuait à avoir lieu chaque été.

Incapable de trouver le sommeil, Marie Annick repensa à l'année passée. La fête de Defossé avait eu lieu le même jour que l'anniversaire de Louane. Ce soir-là, on entendait à peine de bruit venant de la propriété du parlementaire, car un doux vent du sud avait soufflé toute la semaine. Mais elle avait remarqué le va et vient des vedettes amenant des invités en début de soirée. Et lorsque François et elle étaient partis à la recherche de Vanille avec l'annexe de leur voilier, ils avaient vu les lumières et l'agitation qui régnait dans la villa de Defossé. Elle fut brièvement replongée dans cette terrible nuit et se sentit aussitôt oppressée.

Un an après la noyade de Vanille, la vie continuait, le voisin faisait toujours la fête et la pauvre Nathalie souffrait à jamais de l'absence de sa fille…

# DIMANCHE

*30*

*Ô extase... extase divine... c'était splendeur et splendosité fait de chair. C'était comme un oiseau tissé en fil de paradis. Comme un nectar argenté coulant dans une cabine spatiale, et la pesanteur devenue une simple plaisanterie... Tout en slouchant, je voyais des images exquises !*

*Alex dans Orange Mécanique*

Nathalie se fit un double expresso et s'installa à l'une des tables de l'office. La pièce était maintenant presque vide. Seules une jeune prostituée néerlandaise et une drag-queen géante (elle faisait bien un mètre quatre-vingt-dix !) s'entretenaient avec animation en anglais en buvant du thé vert et en mangeant une part de gâteau. Elles la gratifièrent d'un grand sourire. Nathalie admira le détachement et la tenue impeccable des deux professionnelles, qu'on aurait pu imaginer partager un petit-déjeuner dans un café de Vienne, après une longue et calme nuit de repos.

Le repas de cinq heures avait été servi, comme prévu, à l'office comme au salon, marquant comme d'un coup de baguette magique la fin des « festivités ». Les invités réapparaissaient peu à peu, frais douchés, et revêtaient de nouveau leurs vêtements et leur dignité. Celle-ci avait été largement mise en parenthèse durant la nuit. Nathalie était restée pratiquement constamment dans les cuisines, mais hormis les commentaires gouailleurs de Camille qui se plaisait à « faire son tour » de temps à autres et des remarques souvent scandalisées des serveurs en extra, elle n'avait pu ignorer les activités qui prenaient place dans la salle de sport et autour de la piscine intérieure, très proches de l'office.

Les coupes déposées un peu partout avec des préservatifs avaient été dévalisées et les nombreuses carafes de cocktail bleu au viagra étaient vides. C'était Moretti qui possédait apparemment la recette secrète de cette boisson miracle. Il l'avait préparée la veille dans de grands containers et les extras avaient rempli les carafes jusqu'à l'épuisement total du stock. A certains endroits, comme à l'entrée de la salle de détente, on avait déposé une coupe chargée de petites dosettes d'un liquide clair. « C'est de la drogue ! » lui avait appris Camille. Le récipient s'était lui aussi vidé de moitié…

Nathalie avait enregistré la débauche et les excès de la nuit sans être vraiment choquée, plutôt étonnée et dégoûtée par cette débandade organisée. Dans un sens, elle trouvait cela aussi affligeant que comique, de voir tous ces hommes, parcourant pour certains des centaines de kilomètres pour prendre part dans une petite île perdue de Bretagne, à cette partie fine. Elle ne put réprimer un léger sourire lorsqu'elle croisa son acteur préféré, de nouveau affublé de son air hautain. Elle l'avait repéré quelques heures auparavant à l'entrée de la salle de sport, alors qu'il était occupé à dispenser une fellation à la charmante drag-queen qui sirotait maintenant son thé vert à l'office.

Elle aurait aimé faire la connaissance de Giorgio et pouvoir juger de son comportement. Elle n'était toujours pas certaine que cet homme ait été le coup de foudre de Vanille, mais elle aurait aimé lui demander directement s'il connaissait sa fille, même si entretemps, elle acceptait peu à peu l'idée que celle-ci se soit noyée.

Camille n'avait pas tari d'éloge au propos du jeune homme, qu'elle décrivait comme beau, charmeur, poli et, bien sûr, toujours entouré de jolies femmes. Il était effectivement très peu probable que Vanille ait eu l'occasion de le rencontrer, et encore moins, de le séduire, du haut de ses 14 ans…

Nathalie s'était même risquée à montrer une photo de sa fille à la commis de cuisine, et à lui demander si elle avait déjà vu Giorgio en compagnie de celle-ci.

-C'est la petite qui s'est noyée, ça ! Non je ne l'ai jamais vue dans cette maison et de toute façon, je ne me souviens jamais des visages des copines des patrons ! » Camille avait mis fin à la conversation en partant préparer les corbeilles à couverts, apparemment mal à l'aise face aux questions trop précises de cette Madame Kerlezic et sans doute brusquement consciente que ses bavardages dérogeaient à la convention de confidentialité qu'elle avait très certainement signée à son embauche…

Vers 6 heures, les bateaux accostèrent à l'embarcadère privé de la villa, les uns venant chercher les invités, l'autre destiné aux « professionnels » et toute la joyeuse bande prit congé en se promettant de se revoir l'année suivante. Cela faisait un peu penser à la fin d'une colonie de vacances et c'en était presque touchant.

Camille et Stéphanie ainsi que les serveurs et serveuses en extra s'étaient changés et s'apprêtaient à repartir. Moretti apparu en cuisine et remit leur chèque aux intérimaires ainsi que leur portable qu'il avait confisqué durant la réception afin de s'assurer de la confidentialité de la réunion.

-J'avais gardé mon portable, Antonio » lui lança Nathalie alors que les employés s'éloignaient déjà. Voulez-vous vérifier que je n'ai ni filmé ni photographié ? »

Ignorant son sourire ironique, le majordome lui tendit une enveloppe contenant probablement sa rémunération, avant de lui serrer la main : « Je voulais vous remercier, Nathalie. Tout s'est parfaitement passé, et vous y êtes pour une grande part. Si vous le désirez, j'ai fait préparer une chambre à votre disposition. Reposez-vous avant de rentrer à Loguivy, la nuit a été longue… Je vais moi-même me coucher, comme tous ici d'ailleurs !...

-Merci, c'est gentil pour la chambre mais j'ai encore assez d'énergie pour rentrer chez moi. » Le visage de Moretti accusait maintenant terriblement la fatigue et des cernes profonds marquaient son regard. Lui non plus n'avait pas été sans participer aux « festivités ». Nathalie l'avait aperçu alors qu'il se réfugiait dans son bureau en compagnie d'une ravissante jeune femme au type nordique et aux seins surdimensionnés.

Alors qu'il quittait l'office, le majordome se retourna :

-J'oubliais : Monsieur Defossé tient à vous remercier pour votre aide. Il va venir vous voir dans quelques minutes.

Nathalie se retrouva totalement seule dans la cuisine. A l'encontre de ce qu'elle avait affirmé à Moretti, elle luttait contre la fatigue et dut se concentrer pour rassembler ses affaires. Le fait d'être contrainte d'attendre le maître de céans pour quitter la villa ne l'enthousiasmait pas du tout. Elle n'avait pas revu Defossé depuis leur bref échange au début de la soirée et elle était ravie de ne pas l'avoir rencontré durant les « festivités ».

Elle revêtait déjà sa veste imperméable lorsqu'elle entendit les pas du maitre de maison à l'entrée de l'office.

## 31

*Le pouvoir, l'argent et le sexe, disait mon prof d'histoire, voilà le trio infernal qui mène les hommes. Quand vous aurez compris cela, messieurs, vous aurez tout compris. Et l'amour ? Écoutez, on parle de choses sérieuses ici, lançait-il alors de sa voix tonitruante.*

Dany Laferrière - Vers le sud

La réception avait été encore une fois un grand succès et Eric Defossé savait que les regards reconnaissants lancés par ses invités à leur départ de l'île se traduiraient en autant de dettes envers lui. De quoi faire encore bien avancer sa carrière et celle de Giorgio… Il avait d'ailleurs presque regretté d'avoir écarté son fils et cédé à la crainte, à cause de cette petite bonne femme. Si quelqu'un devait avoir peur c'était bien elle…

Moretti avait regardé curieusement son patron lorsqu'il lui avait demandé de retenir la cuisinière afin qu'il puisse la saluer. C'était bien la première fois qu'il portait tant d'attention au personnel de cuisine ! Il n'avait pas vraiment de plan mais cette femme lui plaisait, même si elle ne correspondait pas à son type habituel... Il aimait surtout les grandes, très minces. Mais Nathalie était si petite et menue qu'elle faisait un peu penser à une enfant. Ses pieds et ses mains étaient d'ailleurs minuscules... Cela pourrait être divertissant... En fait, il ne s'était pas tellement amusé cette fois-ci, se bornant à des plaisirs banaux qui ne l'excitaient plus beaucoup. Peut-être pourrait-il faire plus ample connaissance de cette petite Madame Kerlezic. Il n'avait encore jamais couché avec une cuisinière ! Cette remarque le fit sourire alors qu'il entra à l'office, où Nathalie l'attendait, déjà prête à partir.

-Vous nous quittez déjà, Nathalie ? Moretti vous a préparé une chambre, le savez-vous ?

-Je préfère rentrer, merci M. Defossé.

-Mais laissez-moi vous offrir une coupe de Champagne pour fêter notre collaboration, avant que vous ne partiez. Vous méritez bien que l'on s'occupe un peu de vous. Vous nous avez tellement aidés.

-Merci, mais je préfère un dernier café, si vous insistez…

-Je m'en occupe. Asseyez-vous un instant ! Vous serez étonnée de la façon dont je maîtrise cette cafetière italienne…

Nathalie prit place à l'une des tables de l'office sans pour cela retirer sa veste et déposa son sac à dos à ses pieds.

Defossé se dirigea vers la machine professionnelle qui trônait dans un coin de la cuisine. Moretti avait insisté pour la faire venir d'Italie mais il était vrai qu'elle préparait un expresso extraordinaire. Le café, c'était d'ailleurs presque mieux que le Champagne… Dans le café on ne détectait pas du tout le goût du GHB ! Cette substance était tellement pratique pour rendre les femmes plus consentantes...

Tourné vers le percolateur, il sortit discrètement deux dosettes de sa poche et les versa sans hésitation dans l'une des tasses. La dose était plus que suffisante pour une petite femme comme Nathalie. Elle n'était pas près de rentrer à Loguivy…

---

Defossé n'avait pas cessé de parler, relançant sans arrêt la conversation sur les sujets les plus divers : la cuisine, le tourisme dans la région, la tendance du bio…

Nathalie n'en pouvait plus de l'écouter et la fatigue commençant à se faire sentir, elle répondait de plus en plus brièvement. Afin de mettre fin à cette pause-café interminable, elle se leva d'un bond et, saisissant son sac à dos, elle annonça son départ immédiat au parlementaire.

-He bien, d'accord, je vous raccompagne, répondit-il en lui emboîtant le pas.

La villa était totalement silencieuse, comme désertée par ses habitants, et ce calme étrange lui conférait une aura quelque peu terrifiante.

Nathalie remonta rapidement le large couloir qui menait à l'escalier et ses pas rapides résonnaient sur le sol de marbre. Tout avait été rangé et il était maintenant difficile d'imaginer les scènes dont la villa avait été le décor quelques heures auparavant.

Defossé semblait complètement survolté et n'arrêtait toujours pas de parler. Ils passèrent devant la salle de sport, remise en ordre et maintenant déserte.

L'exubérance du parlementaire semblait à son paroxysme lorsqu'ils passèrent près d'une porte métallique grise, non loin du bureau de Moretti et que Nathalie n'avait pas remarquée jusque-là.

-Et ici, c'est « ma » cuisine…, lança Defossé en montrant l'entrée de cette pièce. Nathalie, laissez-moi vous montrer « ma cuisine » !

Joignant le geste à la parole, Defossé retira de son cou une chaîne en argent au bout de laquelle était accrochée une clé.

Il déverrouilla la porte et alors que Nathalie s'apprêtait à lui demander s'il cuisinait lui aussi, il la poussa sans ménagement à l'intérieur de la pièce et referma la porte aussitôt après lui.

Ce qu'elle découvrit alors lui glaça le sang.

## 32

*Le diable, le vrai, nous est apparu ce matin*

*Le Serment des Limbes / Jean-Christophe Grangé*

Defossé avait refermé la lourde porte avec la petite clé et aussitôt passé la chaîne autour de son cou.

Il s'approcha alors de Nathalie et celle-ci fut frappée par le changement immédiat de sa physionomie et le regard dur et brutal qui la fixait.

-Ici, je cuisine… Ce disant, il montrait fièrement la pièce et ses attributs terrifiants. C'est ici que j'ai fait plus ample connaissance de votre fille, la somptueuse Vanille !... Si vous voulez, je vais vous montrer tout ce que je lui ai fait !

Nathalie le regarda avec un air horrifié. Il venait de parler de Vanille. Il venait de dire que sa fille était entrée dans ce cabinet des horreurs!

Le centre de la pièce était occupé d'un côté par une table en inox dont les quatre coins étaient équipés de liens se terminant par des entraves en métal et de l'autre par une sorte de siège gynécologique lui aussi équipé de liens.

Mais ce qui rendait la pièce encore plus effrayante reposait un peu partout sur les nombreuses étagères qui ornaient les murs : crochets, couteaux, scalpels, bistouris, rasoirs, godemichets de toutes formes et tailles, mais aussi des masques, des fouets, des aiguilles de longueurs diverses, des gants cloutés... autant d'outils de torture qui éveillèrent la terreur et la panique de Nathalie.

De gigantesques cadres étaient suspendus sur la surface libre des cloisons et exhibaient des photos d'une violence inexprimable mettant en scène de très jeunes filles dont les visages déformés par la terreur exprimaient le désespoir et la douleur.

Nathalie eut un vertige en imaginant sa fille dans ce repère de l'horreur.

-Qu'avez-vous fait à ma fille, espèce de monstre ? Ce disant, elle se jeta sur Defossé qui la toisait d'un regard ironique et se mit à frapper de toute la force de son poing sur le parlementaire qui immobilisa d'une poigne ferme le bras qui l'agressait. Prise de panique, elle se mit alors à hurler « à l'aide », espérant avertir Moretti ou un autre membre du personnel.

-On ne va pas vous entendre, Nathalie… et de toute façon vous allez bientôt vous calmer… Vanille, elle, était plutôt coopérative au début. Il faut dire que le GHB fait des miracles. Vous devriez en ressentir vous aussi bientôt les effets ! Et si vous voulez savoir ce que j'ai fait à votre charmante fille, je vais vous le montrer avec grand plaisir !

Alors qu'il tenait encore fermement le bras de Nathalie, il la poussa avec une telle force qu'elle se retrouva allongée sur la table métallique. D'un geste précis, il enserra son poignet dans une entrave et le déclic confirma son verrouillage. Folle de terreur et de rage, Nathalie lui envoya un coup de genoux au visage et l'atteignit au menton.

Il sembla cependant à peine sentir l'impact et revint à la charge, la surprenant par la puissance de ses bras, improbable pour un homme de si petite taille et probablement décuplée par sa frénésie sadique.

S'arc-boutant sur les jambes de Nathalie, il s'appliquait à entraver ses pieds lorsque sa prise se desserra brusquement. Comme pris d'un étourdissement, il se redressa quelque peu et, déstabilisé, il la lâcha un court instant pour se retenir à la table. Saisissant sa chance, Nathalie jeta ses jambes hors de portée de son agresseur.

Le regard de Defossé avait soudainement changé et il clignait maintenant des yeux, semblant lutter contre le sommeil. Chancelant, il se reprit cependant et, s'allongeant littéralement sur Nathalie, il la plaqua de tout son poids contre le métal froid et parvint à refermer une entrave sur sa cheville.

Elle sentait maintenant son souffle répugnant contre sa poitrine. Saisissant les cheveux de son agresseur de sa main encore libre, elle s'apprêtait à le repousser une fois encore lorsque, brusquement, il s'écroula sans force aucune, sur elle.

Relevant la tête de Defossé par les cheveux qu'elle serrait encore dans son poing, elle constata qu'il était totalement inconscient : Elle se revit à l'office quelque temps auparavant, alors qu'elle échangeait les tasses de café pendant qu'il était parti chercher du sucre en cuisine. Sa paranoïa et cette brusque inspiration la sauvaient maintenant ! Le monstre avait voulu la droguer comme il avait probablement drogué sa fille…

Nathalie relâcha sa prise et la tête de Defossé retomba lourdement sur son torse. Le parlementaire reposait de tout son poids sur elle, et son corps légèrement plié en équerre menaçait à tout moment de tomber de la table.

Elle sentait son cœur battre à rompre et se força à respirer afin de reprendre un tant soit peu son calme. Elle voyait la chaîne argentée sur la nuque de Defossé et pensa à la clé qu'il lui fallait récupérer. Mais avant toute chose, elle devait se libérer. En tournant sa tête au maximum, elle observa les entraves qui enserraient son poignet gauche et sa cheville gauche, l'une au-dessus de sa tête et l'autre à l'extrémité de sa jambe. Elles étaient toutes les deux du même modèle et ne semblaient posséder aucune serrure. En étirant son bras libre vers l'arrière, elle réussit à toucher avec sa main droite le système de la menotte. Se concentrant sur l'examen aveugle qu'elle réalisait de l'objet, elle rechercha le système d'ouverture, explorant au toucher chaque millimètre de l'objet. Elle joua de l'ongle de son index avec le ressort qu'elle sentait sous son doigt sans réussir à l'actionner. Epuisée, elle rabattit son bras quelques secondes avant de renouveler ses investigations. Rassemblant toute sa concentration, elle suivit de nouveau la courbe métallique de l'entrave qui entourait son poignet, s'efforçant de comprendre au seul toucher, le système d'ouverture. Arrivée à la base de l'arc de métal, elle sentit enfin un renflement, qu'elle identifia comme un bouton poussoir. En appuyant dessus, elle arriva à l'enfoncer légèrement, mais la menotte ne s'ouvrit pas.

Une nouvelle fois, elle dut détendre son bras droit, endolori par l'effort, en l'allongeant le long de son flanc.

Defossé, toujours immobile, semblait dormir paisiblement et son poids écrasait de plus en plus le corps de Nathalie. Elle se retint de le jeter au bas de la table, craignant de réveiller le monstre.

En étendant de nouveau son bras libre vers l'arrière, elle reprit son exploration et retrouva sans peine le bouton poussoir. Ce devait être la solution ! Elle appuya de nouveau dessus, sans pourtant arriver à libérer sa main. S'arc-boutant au maximum afin de canaliser sa force, elle enfonça alors à fond le poussoir de son index et, enfin, la menotte s'ouvrit, libérant son poignet et son bras qu'elle put rabattre vers l'avant.

Tout en respirant profondément pour conjurer la douleur de son épaule, elle réfléchit à la meilleure stratégie à adopter pour libérer sa jambe gauche, et récupérer la clé de la porte d'entrée, sans réveiller son agresseur. Elle décida de libérer d'abord sa cheville et, se cambrant vers la gauche, s'efforça d'atteindre l'entrave à l'extrémité de sa jambe. L'avantage était que maintenant elle savait ce qu'elle cherchait et pouvait viser le bouton poussoir de la menotte. Mais il lui manquait environ cinq centimètres pour l'atteindre. Elle reprit brièvement son souffle et, tendant la jambe vers le haut autant que lui permettait l'entrave, elle réussit enfin à atteindre le système d'ouverture qui libéra sa cheville dans un déclic.

Heureuse de ne plus être attachée, elle devait maintenant résoudre le problème de la clé sans éveiller le monstre.

Il était clair que Defossé était drogué par sa propre drogue et que la substance l'avait endormi. Nathalie n'avait cependant aucune expérience avec les stupéfiants et elle ne pouvait que souhaiter que ce sommeil soit assez long et assez profond pour qu'elle puisse se libérer.

Attrapant de ses ongles la chaîne qui barrait la nuque de Defossé, elle tira doucement le collier vers le haut. Il semblait avoir une bonne longueur et elle continua jusqu'à ce qu'elle ressentît une résistance. La clé n'était pas visible et se trouvait donc sous le menton du parlementaire, qui était, heureusement, toujours inconscient. Nathalie rabattit alors la chaîne vers l'avant. Il ne lui restait plus qu'à soulever la tête de Defossé et à libérer la clé. Elle aurait pu repousser violemment le corps de l'homme vers le côté afin de le faire tomber sur le sol. Mais elle craignait qu'il s'éveille et la rattrape avant qu'elle ait pu sortir de la pièce. Elle préféra se glisser peu à peu vers la gauche de la table, libérant un espace libre à côté d'elle. Centimètre par centimètre, elle se soustrayait au poids du corps qui l'emprisonnait jusqu'au moment, où, tenant fermement la chaîne dans sa main gauche, elle acheva de faire rouler le corps de Defossé sur la table. Enfin libre, elle sauta sur ses pieds. L'homme émettait un léger râle, entre le geignement et le ronflement. Elle se dirigea vers la porte, contournant l'horrible siège gynécologique, mais s'arrêta avant d'avoir atteint la sortie. Revenant sur ses pas, elle saisit le bras de Defossé qu'elle tira vers le haut pour le glisser dans l'entrave qu'elle referma. Il eut un léger rebond lorsqu'il essaya sans succès de rabattre son bras. Sans hésiter, elle lui immobilisa de même la jambe gauche et la droite. Ecartelé sur la table métallique, l'homme, à moitié inconscient, essayait de se libérer, agitant dans tous les sens son bras droit encore libre. On voyait qu'il s'efforçait de sortir de sa torpeur, sans pour autant y arriver.

Saisissant d'une main ferme le poignet droit du parlementaire, elle le rabattit vers l'arrière d'un geste brusque et l'épaule du monstre émit un bruit sec alors que la menotte se refermait avec un déclic sur son poignet.

Maintenant complètement emprisonné, Defossé geignait de douleur, s'efforçant de maintenir ses yeux ouverts.

La terreur de Nathalie avait muté. Ivre de haine, elle regardait l'homme entravé devant elle. Elle voulait savoir. Savoir ce qu'il avait fait à son enfant. Connaître chaque détail de la souffrance de sa fille.

Elle s'approcha de Defossé et le gifla de toute son énergie, afin de l'empêcher de sombrer de nouveau dans l'inconscience. Le visage rougit par l'impact de la main, il essayait d'ouvrir les yeux, sans toutefois y parvenir.

S'emparant d'un long poinçon qui reposait sur l'un des présentoirs, elle l'approcha du torse du parlementaire.

## 33

*Toute vengeance est permise du moment où elle atteint le coupable.*

*Alexandre Dumas / Kean*

Une fois arrivée à son restaurant, Nathalie verrouilla la porte d'entrée et se rendit aussitôt dans son appartement.

Elle n'avait rencontré absolument personne en sortant de la villa. Elle tremblait encore de tous ses membres lorsqu'elle avait remonté l'allée vers la sortie et elle avait dû prendre une grande inspiration avant de saluer le garde stationné dans la guérite près du portail. Enfin parvenue à l'extérieur de la propriété et une fois le lourd portail noir refermé derrière elle, elle s'était mise à courir en direction de « La Chambre » et du mouillage de son bateau. Des larmes coulaient sur ses joues et elle ne pouvait refouler les sanglots qui secouaient sa poitrine, attirant l'attention des quelques touristes qui la croisaient.

Enfin arrivée à son annexe, elle y avait jeté son bagage et avait tiré le petit pneumatique jusqu'au rivage en direction de son bateau. La marée était encore trop basse, et elle s'était demandé si elle pourrait sortir de la baie sans toucher les écueils. De retour à bord de son bateau, elle avait réussi à se détendre un peu afin de concentrer toute son attention sur la manœuvre délicate qu'impliquait son retour sur le continent. Les goémons étaient déjà visibles à la surface de l'eau, attestant du peu de profondeur restant sous la quille du « Mystic ». Elle avait mis le moteur en marche et dirigé lentement le bateau vers la haute mer, sans cesser de scruter les fonds à l'affût des rochers affleurant autour du bateau. Trop énervée pour manœuvrer à la voile, elle était rentrée au moteur. Le port de Loguivy étant encore à découvert, elle avait dû laisser le voilier au mouillage d'un ami pêcheur à l'extérieur de la baie.

Arrivée en sécurité chez elle, elle revit l'horrible pièce où elle avait laissé Defossé, allongé et entravé sur sa propre table de torture… Elle réentendit surtout les paroles de l'homme, se vantant d'avoir eu Vanille en son pouvoir…

Elle aurait tant aimé le forcer à parler. Elle voulait enfin apprendre la vérité.

Mais Defossé était retombé dans une inconscience profonde, ce qui l'avait arrêtée dans sa soif de vengeance. Elle voulait savoir... et s'était retenue d'enfoncer le poinçon acéré dans la poitrine du monstre.

Brusquement inspirée par le smartphone de Defossé qui dépassait de la poche de sa chemisette, elle avait saisi l'appareil, avait sélectionné la caméra et prit une photo de l'homme pitoyable qu'elle avait devant elle avant de l'envoyer à son propre numéro et de quitter l'horrible « cuisine ».

Elle prit son portable dans son sac et rechercha le message qu'elle s'était envoyé et sa haine se raviva aussitôt à la vue de l'image de Defossé.

Ouvrant Google, elle rechercha des renseignements sur la drogue que le parlementaire avait voulu lui administrer et qu'il avait, selon ses propres dires, utilisé pour Vanille.

Elle ouvrit le site de « Passeport Santé » :

*« Le GHB se présente sous forme de liquide contenu dans une petite fiole en plastique ou en verre. L'intensité de ses effets varie en fonction de nombreux paramètres tels que l'état de santé de la*

*personne qui en consomme, le contexte dans lequel le GHB est pris et bien sûr la quantité et la qualité du produit.*

*En règle générale, les effets attendus sont un sentiment de quiétude, une désinhibition et une légère euphorie. Lorsqu'il est pris à forte dose, le GHB peut faire l'effet d'un somnifère puissant.*

*L'aspect discret du GHB le rend propice à une utilisation délictueuse, en effet, le liquide peut être versé dans une boisson sans en modifier le goût, l'odeur ou l'aspect. C'est ainsi que certaines personnes malveillantes l'utilisent à des fins malhonnêtes voire perverses (vol, abus sexuel, agression, etc.). De plus, le caractère amnésiant du GHB renforce sa dangerosité puisque la personne abusée ne se souvient pas toujours de ce qu'il lui est arrivé.* »

Elle revint sur le message avec la photo du monstre, provisoirement anéanti et, appuyant sur réponse, elle pianota sur les touches avant d'expédier un texto.

# LUNDI

## 34

« *Deux dangers ne cessent de menacer le monde ; l'ordre et le désordre."*

*Paul Valéry*

Il parvint enfin à ouvrir les yeux. Il avait terriblement froid et la douleur qui irradiait de son épaule droite était à peine supportable.

Cela faisait des heures, lui semblait-il, qu'il s'évertuait à se soustraire à l'inconscience qui le terrassait sans cesse. Ecartelé sur sa propre table de torture, il ne se souvenait plus de rien à partir du café qu'il avait partagé avec la cuisinière.

Il lui semblait percevoir des bruits sourds à l'extérieur de la pièce et, espérant attirer l'attention de quelqu'un, Defossé se mit à crier de toutes ses forces. Il reconnut difficilement sa voix qui était terriblement voilée, mais réitéra son essai jusqu'à épuisement. Personne ne l'entendrait. Il savait parfaitement combien l'isolation phonique de la pièce était performante, l'ayant lui-même fait installer.

Depuis qu'il s'était éveillé, sa poitrine le brûlait, et chaque inspiration provoquait une douleur lancinante au niveau de son sternum. Relevant la tête autant que le permettait sa posture inconfortable ainsi que la douleur de son épaule, il observa son corps. Il était complètement habillé, portait les vêtements qu'il avait endossés au matin de la réception mais sa chemise était déboutonnée et la bordure de l'étoffe était rougie de sang. Defossé fit une grimace. Si les sévices qu'il infligeait à autrui lui procuraient un plaisir inouï, il ne pouvait supporter ni les blessures, ni la douleur sur son propre corps. Il s'efforça de se souvenir... Il se rappelait avoir ajouté du GHB à la tasse de Nathalie. Et après... Ils avaient discuté de tout et de rien. C'était la dernière chose dont il se souvenait. Ensuite c'était le trou noir...

Qu'avait-il fait, qu'avait-il dit ? Avait-il montré sa « cuisine » à Nathalie ? L'avait-elle drogué lui-aussi, et même blessé ? Son esprit embrumé était incapable de réfléchir plus longtemps.

Il était si fatigué… Il cessa de lutter et sombra de nouveau dans l'inconscience.

---

C'était le bruit des goélands qui pêchaient bruyamment dans la baie qui réveilla Moretti ce matin-là vers sept heures. Il avait passé une excellente nuit et se sentait maintenant totalement reposé du stress de la réception.

La veille, il s'était levé en début d'après-midi, après quelques heures d'un sommeil réparateur. La villa était à ce moment totalement silencieuse, tout le personnel ayant été libéré, hormis les gardes assurant la sécurité, et il s'était octroyé une journée de repos, profitant de la piscine extérieure et du solarium.

Ce matin, il voulait faire nettoyer la maison de fond en comble. Un rangement sommaire avait été réalisé au départ des invités mais il s'agissait maintenant de déplacer tous les meubles rajoutés pour la réception et de redonner son aspect initial à la grande villa.

Après une douche rapide, il quitta la suite où il logeait au premier étage en sifflotant. Il était d'excellente humeur et espérait que le patron le serait également. Defossé n'était pas réapparu la veille et il imaginait qu'il sortirait de sa chambre vers midi, peut-être même encore accompagné de Nathalie, s'il était parvenu à la séduire, comme il avait sans doute eu l'intention de le faire.

Moretti se dirigea vers l'office pour prendre son petit- déjeuner. Camille et Stéphanie venaient d'arriver et commençaient déjà à apprêter des salades pour le repas de midi. Tout en discutant avec les deux employées, il fit bouillir de l'eau pour son thé et prépara ses toasts avec sa confiture préférée. Il détestait qu'on lui serve le petit-déjeuner, qu'il tenait à se préparer lui-même suivant un rituel très précis. La température de l'eau, la qualité du thé, la couleur du toast, l'épaisseur de la confiture de citron vert qu'il faisait venir d'une boutique de produits anglais, tout avait son importance.
Camille le savait depuis longtemps et se gardait bien d'intervenir dans cette cérémonie quasi-sacrée.

Tout était parfait ce matin-là, et le soleil qui inondait l'office par les larges hublots rectangulaires ne fit qu'ajouter au bien-être du majordome.

Son repas terminé, Moretti se rendit à son bureau. Alors qu'il sortait son trousseau de clés pour en déverrouiller la porte, son regard tomba sur l'entrée de la « cuisine » du patron. Autant qu'il pouvait en juger, la pièce n'avait pas « servi » cette année, faute de candidate adéquate. Defossé était très pointilleux sur l'origine des filles qu'il « cuisinait ». Pas de professionnelles, pas de filles de la région, si possible des jeunes sans attaches que personne ne rechercherait rapidement. L'incident de l'année dernière avait été une exception. Et quelle tuile... Sans doute les conséquences de l'événement avaient-elles dissuadé Defossé de s'adonner cette année à son vice...

Afin de vérifier que la pièce ne devait pas être nettoyée, il se dirigea vers l'entrée avant d'insérer la bonne clé dans la serrure. Il était plutôt soulagé de ne pas avoir à remettre la pièce en ordre, cette tâche lui incombant personnellement puisqu'il était le seul employé à être dans le secret de l'existence de l'antre de son patron. A son grand étonnement, la porte n'était pas verrouillée et il se glissa rapidement dans la pièce avant de refermer le battant.

Bouche bée, il découvrit son employeur, allongé sur la table de torture, bras et jambes écartelés et chevilles et poignets emprisonnés dans les menottes prévues à cet effet. Defossé le regardait, d'un regard absent et incrédule. D'une voix faible, il appela le majordome :

« Moretti, aidez-moi à me libérer. Mon épaule me fait terriblement souffrir. Je ne sais pas du tout ce que je fais là. !

Le majordome n'en croyait pas ses yeux de découvrir son patron dans une telle posture. Avait-il mis en scène un jeu sadomasochiste qui avait tourné à son désavantage ? Et avec qui ? Tout le monde avait déjà quitté la propriété au moment où il avait vu Defossé pour la dernière fois avant de rejoindre sa chambre. Sauf la cuisinière … Il ne pouvait s'imaginer que le parlementaire puisse encourir le risque de montrer cette pièce à quelqu'un qu'il connaissait à peine et, qui plus est, était de la région…

Defossé le sortit de sa stupeur en l'appelant de nouveau. L'image qu'il offrait était minable. Sa position inconfortable faisait ressortir son ventre proéminent. Sa chemise ouverte était tachée de sang. Moretti remarqua que son pantalon clair était mouillé à l'entrejambe et la forte odeur d'urine qui emplissait la pièce confirmait la supposition du majordome. Mais ce qui rendait l'homme allongé devant lui vraiment pitoyable, c'était son regard, à la fois vil et apeuré.

Une fois ses membres libérés, Defossé s'assit péniblement sur le rebord de la table métallique. Il se tenait le bras et Moretti comprit que son épaule était démise, ce qui arrivait régulièrement au parlementaire. Le majordome avait appris d'un ostéopathe comment la remettre en place, sans être obligé de faire appel à quiconque, ce qui se révélait fort utile sur l'île. C'était une des nombreuses compétences qui liait Defossé à son majordome, et celui-ci n'hésitait pas à exploiter régulièrement cette dépendance à son avantage. Il lui faudrait utiliser son art aujourd'hui encore…

-Quelle heure est-il ?

-Il est bientôt neuf heures !

-Neuf heures du soir ?

- Non, du matin. Nous sommes lundi. Que s'est-il passé, Eric ?

-Je ne sais absolument pas ! Je ne me souviens plus de rien de ce qui m'est arrivé depuis dimanche matin…

## 35

*Le mystère qu'il faut mettre à tous les apprêts d'un duel, ces apprêts mêmes, ont quelque chose d'horrible ; les soins, les précautions qu'il faut prendre, le secret qu'il faut garder, tout cela ressemble aux préparatifs d'un crime.*

*Émile de Girardin / Émile*

Il tourna la poignée du mitigeur pour arrêter le flux de l'eau. Il aurait voulu ne jamais devoir se soustraire au jet chaud et rassurant de la douche.

Defossé saisit la serviette moelleuse et frotta énergiquement son corps encore endolori.

Il se sentait toujours pris dans une curieuse torpeur et il détestait ce sentiment. Il aimait le contrôle au-dessus de tout, que cela se rapporte à lui-même, aux autres ou à la situation. La drogue l'avait rendu faible et vulnérable.

Il observa dans le miroir la curieuse entaille au centre de sa poitrine. Il avait retiré le sang séché et nettoyé la blessure qui n'était pas vraiment profonde. Celle-ci avait été produite par un poinçon qu'il avait retrouvé sur le sol et qu'il connaissait bien. C'était un bel outil destiné au travail du cuir et dont la longue pointe acérée pouvait sans difficultés percer la peau. A l'endroit où se trouvait la blessure, une légère pression sur le manche en bois poli aurait suffi pour que le métal soit englouti et transperce le cœur de part en part…

Il frissonna à cette image. Et pourtant l'idée raffinée de cette mort lui plaisait presque…

Il ne comprenait toujours pas vraiment ce qui s'était passé. Avait-il inversé les tasses, se droguant lui-même par inadvertance ? Ou bien la cuisinière avait-elle échangé les cafés ?

Se pouvait-il que cette femme ait remarqué ou deviné ses intentions ? Il n'avait d'ailleurs jamais pensé à lui ouvrir son antre secret, qu'il réservait à des cas bien spéciaux et bien sécurisés. Il avait seulement eu envie de s'amuser un peu avec elle dans ses appartements à l'étage.

La drogue avait probablement inhibé chez lui toute retenue et tout sentiment de prudence. Il devait absolument apprendre ce qui était arrivé dans sa « cuisine », et ce que Nathalie savait vraiment.

Qu'avait-il fait ? Qu'avait-il raconté ???

Cette incertitude le rendait fou, lui qui se vantait de maîtriser le monde.

Il saisit son smartphone et ouvrit de nouveau le message qu'il avait reçu :

*Monsieur Defossé,*

*Pourquoi ne pas poursuivre ce que nous avions commencé ? Dans « ma » cuisine…*

*Je vous attends lundi soir. Venez seul !*
*A bientôt.*

*N.*

Il massa son épaule encore douloureuse : Moretti lui avait replacé l'articulation démise. Il n'avait pu ignorer le léger sourire ironique de son majordome alors que celui-ci s'occupait de lui. Cela aussi, il détestait ! Que l'on puisse se moquer, sourire à son propos. Et puis, il haïssait cette dépendance qu'il ressentait à ce moment envers son employé, le seul qui put le soulager rapidement de sa douleur…

Il allait reprendre le gouvernail ! Montrer qui était le plus fort : à cette Madame Kerlezic qui l'avait ridiculisé et à son personnel !

---

Nathalie se sentait curieusement vide et incroyablement calme, comme détachée de son corps qui semblait accomplir par automatisme des tâches qui lui étaient dictées. Cette brusque insensibilité contrastait étrangement avec la frénésie qui l'avait habitée les jours précédents. Elle avait un peu l'impression de se retrouver à un nouveau carrefour de sa vie, qui la mènerait peut-être enfin à l'acceptation de la disparition de sa fille.

Elle avait déjà ressenti cette curieuse sensation lorsqu'elle avait pris la résolution, quinze ans auparavant, de quitter les Antilles et le père de Vanille. Elle se voyait encore, la tête vide comme aujourd'hui, rassembler calmement les affaires de son bébé et les quelques vêtements qu'elle voulait emporter. Les jours précédents avaient été eux aussi peuplés de discussions, de questions, d'hypothèses, d'ébauches de projets et de suppositions. Et puis, brusquement, tout était devenu clair et elle s'était mise à agir, ignorant les supplications de son compagnon Jimmy, ignorant les difficultés qu'elle avait envisagées, ignorant ses craintes les plus profondes. Elle était passée à l'action, exécutant l'une après l'autre chaque étape de son plan.

Et maintenant, alors qu'elle se préparait, elle ressentait de nouveau ce calme profond qui accompagnait sa résolution.

Defossé avait répondu à son message et accepté son « invitation ».

La fin de l'après-midi s'annonçait et comme presque chaque année vers la mi-août, la fraîcheur se faisait sentir et le vent forcissait. En cette période de climat perturbé, il était presque rassurant de sentir se pointer le retour de l'automne, de voir que la constante des saisons n'avait pas tout à fait disparu.

Nathalie referma la fenêtre ouverte de la cuisine et prépara ses ustensiles.

## 36

*Il restera toujours la peur. Un homme peut détruire toute chose en lui-même : l'amour, la foi, la haine et même le doute. Mais aussi longtemps qu'il tient à la vie, il ne peut détruire la peur.*

Joseph Conrad.

Le bateau à moteur se rapprocha de la jetée et il sauta sur la surface en béton du débarcadère. Le garde qui l'avait amené lui fit un signe d'adieu lorsqu'il remit les gaz et que le bateau s'éloigna vers Bréhat.

Defossé ressentit un léger vertige. Il se sentait encore quelque peu embrumé et s'étonnait de l'effet persistant du GHB, qu'il n'avait jusqu'ici jamais expérimenté sur sa propre personne.

Il remonta la jetée de l'Arcouest, hâtant le pas pour rejoindre sa voiture avant l'arrivée de la vedette qui s'approchait déjà, ramenant à son bord plusieurs centaines de touristes qui envahiraient bientôt l'embarcadère.

Il se dirigea vers le garage couvert où il louait plusieurs box pour les véhicules de la villa. Il n'utilisait que très peu sa voiture durant ses séjours sur l'île, ne ressentant que rarement le besoin de quitter sa propriété Bréhatine.

Il démarra rapidement la Porsche Cayenne et se fraya un chemin parmi les vacanciers fraîchement débarqués qui se pressaient pour retrouver leur véhicule sur le grand parking avoisinant.

Il n'avait informé personne de la raison de son départ de l'île ni de sa destination. Moretti lui avait lancé un regard étonné lorsqu'il l'avait prié d'organiser son transfert en bateau pour l'Arcouest, mais sa mine renfrognée avait probablement dissuadé le majordome de poser quelque question que ce fûut.

Defossé ne savait pas lui-même ce qu'il projetait vraiment, ni ce qu'il attendait de cette rencontre. Il lui fallait absolument découvrir ce que cette Nathalie savait à propos de sa « cuisine », de ce qu'il s'y passait et bien sûr à propos de Vanille. Qu'avait-il fait et dit sous l'emprise de la drogue ? Qu'avait appris Madame Kerlezic sur la mort de sa fille ? Et pouvait-elle lui causer préjudice ? Il lui faudrait agir en conséquence…

Les routes était très chargées et le trajet vers Loguivy lui prit plus longtemps qu'il ne l'avait prévu. Enfin arrivé sur la place du port, il gara sa voiture le long du bassin. Il décida d'éteindre son smartphone et se dirigea vers « Le plat du soir ». Le restaurant se trouvait à quelques pas de là dans une étroite rue en pente. Même s'il n'y était jamais entré, il connaissait le beau bâtiment de pierres pour l'avoir admiré un jour où il avait visité le pittoresque petit port avec son fils, alors âgé d'une quinzaine d'années. C'était au mois de mai et il se souvenait avoir admiré la superbe glycine qui grimpait sur le vieux mur du bâtiment.

Alors qu'il franchissait les derniers mètres le séparant du restaurant, ses doigts rencontrèrent dans sa poche l'un de ses jouets préférés. Un joli petit couteau dont la lame, si fine, rappelait un scalpel... Le seul contact de son fourreau en cuir l'excitait et il se félicita de l'avoir emporté !

Ignorant la sonnette, il frappa à la lourde porte en chêne. Il n'eut pas à attendre longtemps avant que Nathalie lui ouvre. Sans un mot, elle s'effaça pour le laisser entrer avant de refermer le lourd battant.

-Venez !

Elle prit le chemin de ce qui semblait être la cuisine du restaurant et le parlementaire la suivit, se prêtant au rôle qui semblait lui être destiné.

La cuisinière portait une robe en crêpe de soie rouge vif à la coupe très simple et au tombé parfait. Les plis du vêtement suivaient avec volupté chacun de ses mouvements, comme lors d'une prise de vue où chaque déplacement est intensifié par un effet spécial de ralenti.

Une table pour deux personnes était dressée au milieu de la cuisine professionnelle, en contraste total avec l'environnement métallique et aseptisé qui l'entourait. La nappe était exactement du même rouge que la robe de Nathalie et les assiettes et les serviettes vert de gris semblaient vouloir calmer le jeu de cette mise en place flamboyante.

La cuisinière se retourna et commença enfin :

-Je crois que nous devons parler, Monsieur Defossé. Je suis certaine que vous avez beaucoup à me raconter. Je vais cuisiner, et vous allez tout me dire. Mais avant, laissez-moi vous offrir un verre. Aujourd'hui est un grand jour. Je vais enfin apprendre la vérité sur la mort de ma fille !» Et avec un sourire, elle ajouta : « Et comme il se pourrait que vous craigniez d'absorber de nouveau du GHB, je vous donne la bouteille à ouvrir…

Defossé commença à desserrer le collier de la bouteille de Champagne que la cuisinière avait posé devant lui, dans un seau rempli de glace pilée.

-Je ne sais plus exactement ce que je vous ai raconté, Madame Kerlezic, mais je suppose que j'ai beaucoup affabulé sous l'emprise de la drogue. Il ne s'est absolument rien passé de dramatique chez moi avec votre fille.

- Nous n'en sommes plus aux mensonges, Defossé ! Commencez par me raconter comment Vanille est arrivée chez vous ! Avec Giorgio ?

Nathalie avait sorti deux homards de l'aquarium où elle les stockait. Il s'agissait de deux superbes spécimens à la carapace bleu nuit et aux longues antennes mobiles. Ils agitaient frénétiquement leurs pinces dont l'extrémité était emprisonnée dans une large bande élastique.

Le parlementaire servait les flûtes de Champagne tout en réfléchissant à ce qu'il pouvait raconter de la rencontre de Giorgio avec Vanille. Mais cette partie était de loin la moins difficile.

Il laissa un verre à l'attention de Nathalie sur l'îlot de préparation où elle avait déposé les homards. Ceux-ci, arrachés à leur milieu liquide et sans doute incommodés par la surface rebutante du métal, tentaient de s'échapper, s'évertuant à trouver prise sur l'acier poli et glissant.

Alors que Defossé levait son verre à la santé de la cuisinière, celle-ci, tenant fermement l'abdomen de l'un des crustacés, arracha d'un geste bref la tête de l'animal, qu'elle déposa sur le plan de travail. Les antennes du homard ainsi que ses yeux continuaient à bouger, comme interloqués par la brutalité de l'attaque.

Le parlementaire interrompit son geste de convivialité et le regard braqué sur les mains de Nathalie, il la vit détacher une à une les pinces de la carapace. Abandonnant les parties encore vivantes du homard, elle démembra de la même manière le second crustacé.

Assis à la petite table en face du plan de travail en acier, Defossé ne pouvait détourner les yeux de la terrible scène se déroulant sur l'îlot. Les morceaux de homard continuaient à bouger, comme autant de membres dotés d'une vie intrinsèque. Les petites mains puissantes de Nathalie se muaient prestement, saisissant, serrant et arrachant avec une précision parfaite.

Relevant la tête un instant, elle interpella le parlementaire. « Alors ? »

Il s'éclaircit la voix avant de commencer, le regard toujours fixé sur le plan de travail:

-Giorgio a rencontré votre fille par hasard sur l'île, je ne sais plus où d'ailleurs. Il l'a revue plusieurs fois.

Je crois qu'il était très impressionné par sa personnalité...

Il ne pouvait détacher les yeux de la surface métallique, comme subjugué par les morceaux de homard qui continuaient à s'agiter et dont l'étrange agonie le mettait curieusement très mal à l'aise.

-Votre fille avait dit à Giorgio qu'elle avait dix-neuf ans et qu'elle habitait aux Antilles. Elle lui avait raconté qu'elle visitait la France en solo.

Une délicieuse odeur émanait d'un four allumé dans le fond de la cuisine. Nathalie répliqua :

-En fait, elle n'avait pas encore quatorze ans, vous le savez !...

-Je l'ai appris par les journaux qui relataient sa noyade...

Nathalie le fixa un court instant, avant de se saisir d'un grand couteau dont la longue lame, reflétant un bref instant le soleil du soir, envoya un éclair dans la cuisine.

La petite poigne se referma sur le manche noir et d'une seule pression, la lame sectionna la carapace de l'un des corps dont elle coupa un tronçon. Quelques centimètres plus loin, le couteau réitéra la figure et découpa un nouveau morceau de corps.

-Et votre fils a donné rendez-vous à Vanille le soir de votre fête ?...

-Oui, je crois que ça s'est passé comme ça... répondit-il d'une voix hésitante.

Nathalie attrapa l'abdomen du second homard et procéda comme avec le premier, la lame du couteau s'abattant avec une parfaite précision et tranchant la carapace avec une facilité déconcertante. Les tronçons de homard ne bougeaient plus. Seules les pinces perpétuaient leur ballet improbable.

-Et après, que s'est-il passé ?

-Giorgio avait amené Vanille à une table près de la piscine extérieure et il est parti lui chercher une serviette pour qu'elle se sèche. Elle était venue à la nage. J'ai suivi Giorgio lorsqu'il est ressorti. Il m'avait parlé de votre fille et j'étais curieux de la voir. Je n'ai pas été déçu...

La voix de Defossé était maintenant beaucoup plus assurée au souvenir du corps de Vanille.

-Elle était sublime ! Elle portait un bikini. Ses longues jambes mouillées brillaient à la lumière des lampes extérieures, et lorsqu'elle se redressa pour me saluer, son corps remua comme une liane...

Les coups firent sursauter Defossé. Armée d'un maillet, la cuisinière venait d'écraser les têtes des homards et un liquide jaunâtre s'en échappait. Elle jeta les morceaux de crustacés dans la casserole où doraient les échalotes et un délicieux fumet s'échappa du récipient alors qu'elle remua. De la pointe de ses doigts elle ajouta les brins de safran dont l'arôme embauma aussitôt la pièce.

-Et après ? Qui a drogué Vanille ?

Le ton des questions restait calme et détaché comme s'il s'était agi d'un événement qui ne concernait en aucune manière celle qui les posait.

-Je suis entré pour rechercher deux verres, pour votre fille et pour Giorgio. Je n'ai pas vraiment réfléchi. J'étais subjugué par sa beauté... Dans l'un des verres, j'ai mis du GHB...

Defossé s'interrompit. Pourquoi racontait-il tout cela ! Peut-être voulait-il en fait se libérer de ce lourd secret avant de faire disparaître à jamais toute preuve et tout témoin des faits de cette nuit-là... Il continua :

-Je me suis assis à la table des jeunes et j'ai discuté avec Vanille en attendant que la drogue fasse son effet. Je lui ai posé beaucoup de questions sur les Antilles. Giorgio était furieux. Je voyais bien qu'il voulait que je parte. Mais après quelques minutes, c'est lui qui s'est levé et qui est parti. Vanille était déjà très excitée et elle riait beaucoup. Je pense que la drogue agissait. Elle a à peine remarqué le départ de mon fils. Et puis, je lui ai proposé de visiter la villa…

Nathalie versa un alcool brunâtre dans la casserole et l'odeur du Cognac se répandit dans la cuisine. Elle pencha le récipient jusqu'à ce que les flammes l'envahissent. Après quelques secondes, la flambée s'arrêta. La cuisinière interrompit enfin sa préparation, leva la tête et défigura l'homme qui lui faisait face.

-Je veux tout savoir…

Defossé se sentait curieusement acculé au mur de ses révélations, comme si la violence subie par les homards constituait une menace implicite à son égard. Et puis, cet environnement métallique que constituait la cuisine professionnelle du restaurant lui rappelait sa propre cuisine. Cela l'inspirait… Il caressa le couteau logé au fond de sa poche et ce contact le rassura. Il imagina les fines arabesques de sang sur la peau blanche de Nathalie. Cette petite arme pouvait tant de choses : écorcher, triturer, dessiner et même … tuer.

-Vous allez tout savoir. » Ce disant, il leva une nouvelle fois sa flûte de Champagne devant le visage de la cuisinière qui venait de s'asseoir à la petite table en face de lui.

## 37

*Peut-être que parfois la vengeance vaut bien la justice.*

Michael Connelly/ le poète

Elle l'avait écouté, calmement, presque paisiblement.

Elle avait servi les homards et le gratin de petits légumes, et c'est presque avec plaisir qu'elle l'avait vu se délecter des exquis crustacés, alors qu'elle l'écoutait relater la soirée fatidique.

Defossé avait fait visiter l'espace de détente et la piscine intérieure à sa fille. Sans aucun émoi, il raconta comment il l'avait violée sur l'une des méridiennes dispersées parmi les plantes exotiques. Il s'était étonné et réjoui lorsqu'il avait remarqué sa virginité. Elle s'était à peine débattue, sans doute sous l'emprise du GHB. Et puis, le parlementaire s'était dit qu'elle serait une candidate idéale pour sa « cuisine ». Aux dires de Giorgio, elle venait des Antilles, n'avait pas d'attaches dans le coin. C'était parfait... Il l'avait alors emmenée dans son antre maléfique...

Le parlementaire semblait avoir totalement oublié qu'il dînait avec la mère de sa victime et décrivait maintenant avec amples détails les sévices qu'il avait fait subir à son enfant.

Vanille avait perdu beaucoup de sang et celui-ci s'accumulait dans la petite gouttière prévue à cet effet dans la table de torture. Brusquement, elle était tombée dans l'inconscience totale et avait cessé de réagir aux sévices... Habitué au profond sommeil que provoque la drogue et privé du plaisir de voir souffrir, Defossé avait perdu tout intérêt pour la jeune fille et avait quitté son antre pour rejoindre ses invités jusqu'à la fin de la réception. Lorsqu'il était revenu voir sa victime au petit matin, Vanille semblait être dans un profond coma. Il avait appelé Moretti qui l'avait auscultée. La jeune fille était morte.

-Et vous vous êtes débarrassé discrètement de son corps ?

-Oui, c'est Moretti qui s'en est occupé après le départ de tous les invités. Il a pris la vedette à moteur et a jeté le corps à l'eau.

Il s'écoula plusieurs secondes avant que Nathalie reprenne, d'une voix toujours posée :

-Et Giorgio ?

-Giorgio n'a rien su… Je lui ai raconté que la fille avait pris peur et s'était échappée à la nage alors que je lui faisais visiter la propriété.

Nathalie se leva lentement et rassembla les assiettes. Elle n'avait pas touché au plat.

Lorsqu'elle revint vers la table, Defossé tenait à la main un petit couteau dont la fine lame allongée rappelait l'un des outils de torture qu'elle avait vu dans l'antre de l'horreur.

Elle le regarda avec un sourire un peu triste. Relevant le bras qu'elle tenait dans les plis de sa robe, Nathalie brandit alors le grand couteau de cuisine qu'elle avait utilisé un peu plus tôt et, d'un geste d'une parfaite précision, elle trancha la gorge de Defossé.

Un puissant jet de sang aspergea aussitôt le mur dessinant de savantes arabesques sur le carrelage blanc.

Les yeux de l'homme s'agrandirent un instant, révulsés par la stupéfaction, et l'on eût même un instant l'impression qu'il allait parler, car sa bouche s'arrondit, juste avant de laisser échapper un flot de sang.

On entendit le claquement du bistouri qui heurtait le sol lorsque l'arme s'échappa de sa main ouverte, et, dans le même moment, Defossé s'écroula lourdement sur la nappe rouge qui lui faisait face.

# MARDI

## 38

*Je ne comprends pas la cruauté mais la violence, si : parfois, il faut que ça sorte.*

Vincent Paronnaud / Winshluss

L'aube faisait tout juste son apparition lorsqu'elle termina. Elle avait branché le tuyau d'arrosage de la cour sur l'une des arrivées d'eau de la cuisine et après avoir tout nettoyé au chlore, elle achevait de rincer la pièce à grande eau. Le liquide s'écoulait sur le sol légèrement incliné vers la grille au centre de la pièce. Le flux encore rougi quelques temps auparavant, était maintenant totalement clair.

Elle désinfecta une dernière fois les couteaux et le couperet qu'elle avait utilisés et les rangea soigneusement à leur place.

Elle avait déjà chargé les quatre sacs poubelle noirs dans le chariot qui lui servait toujours pour transporter son matériel sur le bateau.

Elle était épuisée. Epuisée mais satisfaite. Tout s'était à peu près déroulé comme elle l'avait prévu. Son expérience antillaise lui avait été bien utile. Elle avait encore en tête les cris stridents du cochon condamné pour les fêtes de Noël chaque année. Dans la famille de Jimmy, c'était une tradition immuable. On tuait le cochon que l'on avait engraissé des mois durant pour la fête. Et la bête le savait. Attaché à une corde dans la cour bétonnée qui servait d'abattoir et exposé aux mauvaises blagues des enfants de l'île, le porc couinait si fort que ses cris s'entendaient dans toute la vallée. A l'époque, ainsi que toute la famille impliquée dans l'engraissement du cochon, elle avait participé à la découpe de la viande et ainsi appris à dépecer une bête.

Avant de partir, elle étendit encore le contenu de la machine à laver qui venait de se terminer : la robe rouge, la nappe, les serviettes et les torchons. Tout était propre maintenant. Elle aurait détesté laisser du désordre derrière elle. Ou pire encore, du sang !

Elle ne put s'empêcher de ressentir une grande tristesse en fermant la porte de ce restaurant qu'elle avait tant aimé mais elle se força à s'éloigner rapidement, tirant derrière elle son chariot surmonté de son casier à homard.

-Tu pars déjà à la pêche, Nathalie ? L'interpella Yann, le patron du « Samedi Soir », un petit chalutier qui ancrait non loin du « Mystic ».

-C'est l'heure des braves, Yann ! Et j'ai beaucoup à faire aujourd'hui.

-T'as bien raison, Nath. A cette heure-ci on ne voit que des courageux ! Bonne pêche.

-Toi aussi, bon courage.

Une vieille Peugeot se garait sur le parking et les deux matelots du « Samedi Soir » en sortirent. Ils saluèrent Nathalie d'un geste amical avant d'embarquer sur le chalutier en riant et en se bousculant.

La mer montait mais le « Mystic » reposait encore à sec sur le fond vaseux du bassin. La veille, elle était allée chercher le petit bateau qui mouillait encore à l'extérieur pour l'amarrer à sa bouée dans le port.

Approchant son chariot aussi près que possible du voilier, Nathalie déchargea les sacs noirs et les entreposa dans la cabine.

Après avoir déposé son casier sur la plateforme du bateau, elle rapporta son chariot sur le parking. La mer montait rapidement et elle dut patauger dans l'eau avec ses bottes pour rejoindre le « Mystic » où elle s'assit en attendant d'être à flot.

Dix minutes plus tard, la profondeur d'eau sous la quille suffisait déjà pour quitter le port et elle mit son moteur en marche.

Le vent d'Est s'était levé et si le ciel s'annonçait parfaitement clair, il faisait très frais ce matin-là.

Elle hissa ses voiles et le petit bateau prit rapidement de la vitesse. Il lui fallait lutter contre un vent de travers qui ralentissait sa progression vers Bréhat. Le « Samedi Soir » la dépassa à bonne distance et elle répondit aux signes amicaux de l'équipage. Elle savait qu'ils s'éloigneraient loin de la côte, vers les Roches Douvres, ce plateau sous-marin au Nord de Bréhat, si propice à la pêche.

Elle voulait, elle aussi, dépasser l'île vers la pleine mer. Mais elle prendrait une autre direction, et se dirigerait vers un endroit que lui avait montré son père, lorsque, adolescente, elle l'accompagnait parfois sur son petit bateau « pêche-promenade ».

Son père s'éloignait généralement peu de la côte le long de laquelle il avait ses places attitrées pour déposer ses casiers et pêcher ses maquereaux. Mais une fois, pour l'impressionner, il l'avait emmenée beaucoup plus loin, à la crevasse du Diable, une profonde faille sous-marine qui avait la réputation d'être maudite.

-C'est très profond, tu sais, et tous ceux qui ont essayé de pêcher ici n'ont jamais récupéré leur casier ou leur filet ! Même les lignes sont happées vers la profondeur. Et certains bateaux se sont même trouvés brusquement en avarie...

A l'époque, elle s'était un peu moquée de ce « triangle des Bermudes breton » comme elle l'avait dénommé, mais le quasi bouillonnement de l'eau sur cette zone l'avait beaucoup impressionnée, et elle avait été incroyablement soulagée lorsqu'ils s'en étaient éloignés.

Aujourd'hui, elle recherchait cet endroit qui n'était indiqué sur aucune carte, mais connu par tous les marins de la région, pour lesquels les croyances et les superstitions n'étaient pas à prendre à la légère. Personne ne venait jamais pêcher dans cette zone maudite.

Arrivée à l'emplacement de ses souvenirs, il fallut près de vingt minutes à Nathalie pour repérer enfin le clapotis irrégulier qui marquait l'endroit de la crevasse sous-marine. Son père lui avait raconté que le diable nageait dans les profondeurs de la faille et que c'était son souffle qui contrariait le courant juste au-dessus. Elle ne put réprimer un frisson en s'approchant de la zone où la surface de l'eau était si curieusement agitée.

Elle abattit les voiles et mit son moteur en veille afin de lutter contre le courant qui l'éloignait naturellement. C'était l'endroit idéal pour se débarrasser du monstre qui ferait certainement bon voisinage avec le diable de la crevasse. Elle sortit un à un les sacs en plastique noir de la cabine et les jeta à la mer sans émotion aucune.

Le quatrième sac immergé, elle lança le smartphone de Defossé dans les eaux agitées et remit aussitôt les gaz afin de s'éloigner au plus vite de ce funeste endroit.

Elle hissa de nouveau les voiles et arrêta le moteur avant de diriger le bateau en direction de l'archipel. Elle remonta au vent, savourant le sifflement dans la voilure tendue, le claquement des vagues contre la coque, et surtout l'incroyable beauté des îlots dans la lumière matinale.

Assise à gauche de la barre, à l'écoute de la mer et du vent, Nathalie était enfin sereine, lorsqu'elle sentit une présence auprès d'elle, à sa droite.

Vanille était là, elle aussi, souriant d'aise dans cet environnement marin qu'elle aimait tant. Le vent transportait même le doux parfum de sa peau et Nathalie n'osait plus bouger, de peur d'effacer cette merveilleuse illusion et de perdre à nouveau ce qu'elle aimait le plus au monde.

# SAMEDI

*39*

*Quand un drame doit se produire, c'est un enchaînement de circonstances parfois bénignes qui le préparent et le rendent inévitable.*

*Jean-Raymond Boudou*


Marion courut en direction de la jetée. Elle apercevait au loin le bateau orange et vert des sauveteurs en mer, remorquant un voilier bleu qu'elle reconnut immédiatement comme étant celui de Nathalie. Cela faisait maintenant trois jours que son amie avait complètement disparu.

Marion ne l'avait pas retrouvée comme elle l'avait prévu, le mardi, à la réouverture du « Plat du Soir ». Le restaurant était définitivement vide, la cuisine désertée et privée de ses douces senteurs. Le téléphone portable de Nathalie ne répondait plus et la cuisinière restait introuvable. Des pêcheurs l'ayant vue quitter le port à bord du « Mystic », les recherches s'étaient rapidement orientées vers la mer. Très vite, la presse locale avait exploité le fait-divers pour le transformer en sensation...

Elle arriva à la jetée alors que les sauveteurs en mer ainsi que le bateau de la brigade nautique accostaient. Olivier attendait sur le quai et fixait lui aussi le petit bateau bleu, amarré en remorque de la SNSM. Il n'y avait pas de doute, c'était bien le « Mystic ». Le cousin de Marion, Erwan, sauveteur bénévole, l'avait appelée dès que le voilier avait été repéré. Un navire de commerce anglais l'avait signalé alors qu'il dérivait en pleine mer, très loin des côtes, et vide. Les voiles étaient toujours hissées et le fort vent d'Est ballotait le frêle esquif comme il l'aurait fait avec un jouet.

Olivier serra Marion dans ses bras. C'était elle qui l'avait appelé pour le prévenir de la tragique découverte du voilier. Depuis la disparition de Nathalie, ils avaient échangé chaque jour par téléphone, recoupant leurs recherches et partageant leur angoisse.

On avait retrouvé le casier à homard de Nathalie dont la corde s'était prise dans l'hélice du petit moteur. La nasse avait suivi le voilier dans son errance. Se pouvait-il que leur amie soit tombée à l'eau en déposant le piège à crustacés ? Marion savait combien ce casier était lourd et difficile à manipuler, surtout pour une très petite femme comme Nathalie. Avait-elle essayé de dégager la corde coincée dans l'hélice ?

---

Le Capitaine Legrand arriva au port de Loguivy alors que les sauveteurs en mer étaient occupés à désolidariser le voilier bleu de leur vedette. Un petit attroupement s'était déjà formé sur la jetée et il y reconnut Marion Jolieu, la conseillère immobilière et fidèle amie de Kerlezic ainsi qu'un professeur du lycée, qu'il connaissait de vue. Le journaliste de la presse locale était occupé à garer sa voiture sur le parking du port et il fit un geste amical à l'intention du Capitaine, un peu comme on le ferait pour un collègue que l'on croise régulièrement sur son lieu de travail.

C'était Marion qui était venue, dès mercredi, déclarer la disparition de Nathalie. Celle-ci étant adulte, Legrand avait, comme toujours, plaidé la patience, argumentant que la cuisinière avait très bien pu partir en voyage. Mais le fait qu'elle ait été vue s'éloigner avec son voilier avait changé la donne. Cela pouvait effectivement être un accident et des recherches furent aussitôt organisées par la brigade nautique, en bateau, et par hélicoptère.

La disparition de Kerlezic avait pourtant préoccupé le Capitaine Legrand dès le mercredi, pour une raison bien différente et connue de lui seul. Le même jour, le majordome de Defossé, Moretti, avait appelé Legrand pour signaler que le parlementaire avait lui aussi disparu depuis le lundi après-midi, où il s'était fait déposer à l'embarcadère de l'Arcouest. Moretti n'avait plus aucune nouvelle depuis, et son patron restait injoignable. La voiture du parlementaire n'étant plus au parking, il était probable que celui-ci soit simplement parti en voyage, sans en informer son personnel, et c'est ce que le Capitaine avait répondu à Moretti, lui conseillant un peu de patience.

Cependant, la coïncidence des deux disparitions irritait Legrand qui se remémorait ses appels à Defossé à propos de la cuisinière du « Plat du soir ». Se pouvait-il que l'homme politique ait voulu faire « place nette » ? Ayant lu et compris le rapport d'autopsie de la jeune Vanille, il ne pouvait que supposer la gravité des actes qu'il avait couverts... Peut-être en savait-il lui-même beaucoup trop long...

Ainsi tourmenté par ses craintes et sa mauvaise conscience, il inspecta le voilier de Kerlezic. Rien d'anormal ne s'y trouvait, aucune trace de lutte. L'équipement de pêche à la traîne ainsi que les appâts étaient sortis, comme si on avait déjà tout préparé pour une utilisation proche. Les plongeurs de la brigade nautique avaient retrouvé le casier à crustacés de la cuisinière, dont la corde était prise dans l'hélice du moteur. Tout semblait indiquer que Nathalie était tombée à l'eau en déposant son casier à homard, ce qui était une cause courante d'accident, ou peut-être en essayant de dégager la corde de l'hélice. Les gilets de sauvetage étant rangés dans la cabine, il était probable que Kerlezic avait négligé d'en endosser un… La recherche du corps n'avait pas abouti jusqu'à présent mais les efforts de la brigade nautique se poursuivraient sur l'eau et sous l'eau.

Ce fut ce qu'il annonça à Marion et au professeur ainsi qu'au journaliste qui attendaient sur la jetée. C'était très probablement un malheureux accident ! C'est ce qui figurerait sur son rapport.

Alors que le reporter commençait à photographier le voilier, il repartit vers le parking, plongé dans ses sombres réflexions.

Il avait garé sa voiture de service sur la première ligne du parking, en bordure du bassin. Il mit la marche arrière et repartit en longeant les quelques voitures rangées le long du port. Il se préparait à quitter le parking lorsqu'il pila, avant de faire marche arrière jusqu'à la hauteur d'un SUV Cayenne immatriculé 75.

Legrand arrêta le moteur et quitta son véhicule. Il s'agissait bien de la voiture de Defossé.

En un instant, il évalua les répercussions de cette découverte: Il semblait maintenant probable qu'Eric Defossé n'avait pas quitté la région, ou tout du moins, pas de sa propre volonté… La disparition de l'homme politique devenant inquiétante, il avait maintenant l'obligation d'en avertir les autorités.

Et comme il s'agissait d'un parlementaire européen, il savait que l'affaire ferait du bruit en hautes sphères. L'enquête lui serait aussitôt retirée, et il n'aurait plus aucun moyen de l'influencer !

# Trois mois plus tard

*40*

*Il est bon de faire confiance au temps qui passe : l'avenir nous révèle toujours ses secrets.*

Eve Belisle

Marion Jolieu prit congé du couple de restaurateurs et referma la porte de l'agence avant de se laisser choir sur le siège du bureau. Voilà. C'était fait. « Le plat du soir » était loué. Le nouveau bail venait d'être signé, à temps pour rénover le lieu avant la prochaine saison touristique.

La conseillère en immobilier avait eu le plus grand mal à surmonter sa tristesse et à afficher le sourire commercial qui s'imposait vis-à-vis de ses clients. La reprise du restaurant scellait pour toujours la disparition de son amie.

On n'avait pas encore retrouvé le corps, et les chances de le repêcher un jour s'amenuisaient avec le temps. Elle avait dû aider la mère de Nathalie à vider l'appartement de sa fille, Mme Kerlezic étant âgée en en mauvaise santé.

Un peu découragée, Marion décida de fermer l'agence et de rentrer. Gabin était à l'extérieur avec des clients et il se rendrait sans doute directement à son domicile après la visite. Il était déjà dix-huit heures trente et il était très peu probable qu'un acheteur potentiel pousse la porte du magasin. Elle accrocha la pancarte « fermé » et verrouilla la porte avant de reprendre sa Mini garée tout en face.

Elle s'apprêtait à démarrer lorsque son portable annonça l'arrivée d'un message.

« Numéro inconnu ».

---

Antonio Moretti achevait d'envoyer la commande de produits frais pour le week-end. Giorgio avait annoncé sa venue pour le lendemain et il fallait sortir la villa de sa léthargie pour l'arrivée du fils Defossé.

Le majordome soupira à la vue du journal reposant sur son bureau. Ouest France avait de nouveau consacré un entrefilet à son patron :

*« Disparition d'Eric Defossé. Toujours aucune piste! Depuis le 16 Aout, date à laquelle le parlementaire européen quitta sa propriété de Bréhat pour rejoindre la côte, Eric Defossé reste introuvable. Nous rappelons que la voiture de l'homme politique a été retrouvée à Loguivy de la Mer, un petit port de pêche face à l'île de Bréhat. Aucun indice alarmant n'ayant été découvert dans le véhicule, on suppose que Defossé a rencontré une autre personne sur ce parking. Qu'est-il ensuite advenu du parlementaire ? Le commissaire Molinard, de la Brigade Criminelle de Paris, enquête sur place ainsi que dans les milieux politiques. Certaines rumeurs circulent concernant la vie intime du quinquagénaire, que l'on dit très impliqué sur la scène échangiste. Disparition voulue ou règlement de compte ? Tout reste encore à découvrir sur cette affaire, à commencer par le parlementaire lui-même! »*

Le Commissaire Molinard avait bien sûr interrogé Moretti concernant la disparition de son employeur. Le majordome avait eu bien des difficultés à répondre aux questions du policier, même s'il avait réussi à le faire avec aplomb. Il avait dû mentionner la réception à la villa, sans bien sûr en décrire la particularité. Mais il savait que Molinard reviendrait sur ce fait et ne manquerait pas d'interroger les quelques invités « de confiance » que Moretti avait été contraint de nommer. Depuis une semaine, tenaillé par l'angoisse, le majordome ne dormait quasiment plus, ressassant dans ses insomnies tout ce que la police ne tarderait pas à découvrir si Defossé ne réapparaissait pas rapidement. Et il devenait de plus en plus improbable que celui-ci réapparaisse. Defossé avait-il vraiment voulu se protéger de quelque menace en disparaissant provisoirement ? Ou bien avait-il été la victime d'un règlement de compte ? L'un des deux bateaux ramenant les invités de la réception avait débarqué ses passagers à Loguivy, «pour plus de discrétion»... Defossé avait-il rencontré l'un d'entre eux à Loguivy ? Son patron avait beaucoup d'amis, mais aussi beaucoup d'ennemis. Il se plaisait à intriguer dans les milieux les plus divers et Moretti le suspectait d'être capable de tout pour accroître sa puissance.

Et puis, les ragots allaient bon train, maintenant, à Bréhat ! Depuis la disparition de Defossé, les langues se déliaient peu à peu concernant les réceptions de l'été... Moretti savait que la police ne tarderait pas à découvrir tout ce qui se passait au sein de la propriété ainsi que son propre rôle dans les agissements de son patron.

Au téléphone, Giorgio avait exprimé son intention de démonter la « cuisine » de son père, craignant de plus amples investigations au domicile du parlementaire…

Moretti avait-il seulement une chance d'échapper à la mise en examen ? Il en doutait de plus en plus.

---

Cette tâche ne pouvant être confiée à personne d'autre, Giorgio et Moretti avaient travaillé toute la journée à vider la salle de torture de Defossé.

Les deux hommes œuvraient dans un silence quasi complet, le jeune homme ne répondant absolument pas aux efforts de conversation engagés par le majordome. Depuis son arrivée sur l'île, le fils de Defossé se sentait mal à l'aise dans la propriété, comme si la villa et ses attributs lui apparaissaient pour la première fois dans leur aspect véritable. Il avait bien sûr appris les rumeurs circulant dans le milieu politique et dans les médias, et celles-ci l'avaient brusquement forcé à envisager la nature de son père plus objectivement. Très jeune, Giorgio avait été façonné par le parlementaire afin d'évoluer en fonction de la philosophie de vie de celui-ci. Depuis sa disparition, il se sentait étonnament libéré, exempt de toute directive de pensée et de comportement. Libre d'être lui-même. Libre d'être différent de son géniteur.

Ayant enfin consigné l'ensemble des terribles outils de la « cuisine » dans des caisses dûment fermées et recouvert la lourde table métallique ainsi que l'horrible chaise gynécologique qu'il projetait de faire transporter dans la remise de la villa, Giorgio insista pour faire disparaître les terrifiantes photos qu'il avait enlevées des cadres.

« Viens, Antonio, allons les brûler dans la cheminée du petit salon. J'ai besoin d'un remontant ! »

Il faisait gris et humide ce jour-là et le feu de cheminée qu'alluma Moretti conféra un semblant de convivialité à la pièce. La villa était devenue terriblement calme et alors que le fils de Defossé s'employait avec application à déchirer les posters en petits morceaux pouvant être assimilés par les flammes, il ne put s'empêcher de la trouver sinistre.

Le majordome prépara deux whiskies et prit place en face du jeune homme. Une certaine gêne s'était établie entre eux depuis son arrivée sur l'île et Giorgio s'efforça de la surmonter. Il voulait parler à

Moretti. Il voulait obtenir de lui certaines réponses et commença :

-Je suis très soulagé d'avoir rangé cette horrible pièce ... Et pas seulement à cause de mes craintes d'une visite de la police ! En fait, je détestais cette « cuisine » et tout ce qu'elle impliquait.

-Je ne la portais pas vraiment dans mon cœur non plus, je t'assure !

-Oui, j'imagine… Je sais que tu étais celui à qui incombait le « nettoyage » de cette « cuisine ». Tu dois tout savoir à son propos !...

Afin de se donner du courage, Giorgio but une gorgée de son whisky soda et Moretti l'imita. Le jeune homme continua :

-Je n'ai jamais vraiment su ce qui s'était passé l'année dernière avec la jeune fille que j'avais amenée à la réception. Raconte-moi !

Giorgio savait parfaitement qu'il abordait un sujet que son père n'aurait pas toléré et qui, très manifestement, rendait le majordome terriblement mal à l'aise…

-Monsieur Defossé n'aime pas que l'on parle de ça, Giorgio. Il sera très irrité s'il l'apprend…

-Il sera très irrité également lorsqu'il verra sa « cuisine » chérie démontée ! Et il sera sans doute encore plus irrité lorsque la police mettra son nez dans ses affaires... Et aujourd'hui, je suis ici et lui, il n'est pas là. Alors raconte-moi. C'est aussi ma maison et il s'agit de mon père. D'une voix encore hésitante, Moretti commença :

-He bien, la fille est restée avec lui. Je ne sais pas exactement ce qu'ils ont fait mais vers cinq heures, ton père est venu me chercher. Il était très énervé. Il disait qu'elle ne réagissait plus du tout. Elle était dans sa « cuisine »...

Giorgio reprit une gorgée de whisky. Lui qui avait cru jusqu'ici la version de son père selon laquelle Vanille était aussitôt repartie à la nage... Mais y avait-il cru véritablement ? Ou cette interprétation des faits l'avait-elle déchargé d'une partie de la responsabilité qu'il savait avoir quant à la mort de Vanille. D'un geste de la tête, il invita Moretti à poursuivre.

-Lorsque je suis arrivé dans la pièce, la fille était totalement inconsciente. Elle était en mauvais état et avait beaucoup saigné. De plus, je pense qu'elle avait très mal supporté le GHB. Peut-être une surdose... Ton père pensait qu'elle était tombée dans le coma mais lorsque j'ai pris son pouls, j'ai bien vu qu'elle était déjà morte...

Cet aveu ne surprit pas le jeune homme, comme s'il avait en fait toujours su la vérité, comme un cauchemar douloureux que l'on porte en soi et qui se révèle brusquement être la réalité. Il aurait voulu courir, fuir, pouvoir se réveiller, échapper en tous cas, à ces horribles révélations.

-Et après ?

-He bien, il y avait encore quelques invités dans la villa qui attendaient le deuxième bateau pour quitter l'île. Alors nous avons patienté. Et puis, lorsque tout le monde était parti et que le personnel avait quitté la villa, j'ai emmené le corps sur un bateau et je suis allé l'immerger. Voilà. C'est tout ! »

Moretti baissa la tête, conscient de la gravité des actes qu'il avouait.

Giorgio fut pris d'une nausée en pensant à ce qu'il avait fait à Vanille, à la douce jeune fille qu'il avait amené dans ce lieu de violence et de mort, elle qui n'était que bonté et insouciance. Il se leva, et, ne cherchant pas à cacher les larmes qui envahissaient son regard, il s'adressa à Moretti avant de s'éloigner :

-Ne m'appelle plus jamais Giorgio ! Je suis Augustin, AUGUSTIN !!!

## 41

*La vie peut être belle. Ça peut valoir le coup de se battre pour elle.*

*Stephen King / Sale Gosse*

Elle déposa les filets de Red Snapper sur le grill brûlant et l'arôme de la marinade où avait trempé le délicieux poisson se répandit dans le souffle chaud du vent, mélangeant des saveurs de gingembre, de cannelle et de curcuma aux effluves iodées de l'air.

D'une main experte, elle remua les bananes plantains et leur ajouta un peu de poivre de Cayenne. Leur couleur était parfaite et leur brillance attestait de leur tendresse. Ce serait délicieux.

Elle repensa aux derniers mois. Tout était allé si vite... Juste après l'avoir récupérée à l'île Corlouan, ce petit rocher perdu au large de Bréhat où elle avait arrangé la rencontre, le superbe voilier Bénéteau de treize mètres avait mis le cap sur les îles Canaries. Elle avait trouvé cette opportunité sur une bourse aux équipiers où les propriétaires, un couple d'une cinquantaine d'années, cherchaient d'urgence un skipper expérimenté pour les accompagner en Guadeloupe.

La traversée avait été fatigante, plus à cause des maladresses de navigation de Jenny et Paul, qui par ailleurs étaient charmants, que pour ce qui touchait à la mer, puisqu'ils avaient bénéficié d'un alizé régulier et d'une météo clémente. Mais la traversée s'était surtout révélée salvatrice pour Nathalie. L'immensité de la mer et la caresse permanente du vent avaient eu raison des blessures profondes de son âme. Après une courte étape à Tenerife et une transatlantique de 18 jours, l'équipage était arrivé à bon port à Pointe-à-Pitre.

Avec le peu d'argent liquide qu'elle avait emporté, Nathalie avait aussitôt gagné par bateau l'archipel des Grenadines et la petite île où Vanille était née, et qui gardait pour toujours la douce odeur de sa fille.

Une fois le dernier client parti et la dernière assiette lavée, elle s'assit sur le tabouret en bambou de l'étroite cuisine du minuscule restaurant qu'elle venait d'ouvrir en bord de plage.

Il était enfin l'heure d'appeler, vingt-et-une heures en Europe… D'une main que l'excitation faisait un peu trembler, elle composa le numéro.

A l'autre bout de la ligne, elle entendit une, deux, trois sonneries… Et puis, on décrocha.

« Allô ! »

« C'est moi. »

## FIN

Cuisines

*Note de l'auteure :*

*Les personnages et lieux mis en scène dans « Cuisines » relèvent totalement de la fiction. Si les paysages de l'archipel de Bréhat et de la région de Paimpol ont effectivement inspiré le cadre du roman, les éléments du décor ainsi que les personnes décrites ne sont ni réels ni suggérés par la réalité.*

*De plus, même si ce procédé est largement répandu en gastronomie, afin d'éviter la souffrance de l'animal, il fortement déconseillé et même interdit dans certains pays tels que la Suisse, de préparer le homard comme le fait Nathalie...*

Cuisines

## La cuisine

Dans la cuisine où flotte une senteur de thym,
Au retour du marché, comme un soir de butin,
S'entassent pêle-mêle avec les lourdes viandes
Les poireaux, les radis, les oignons en guirlandes,
Les grands choux violets, le rouge potiron,
La tomate vernie et le pâle citron.
Comme un grand cerf-volant la raie énorme et plate
Gît fouillée au couteau, d'une plaie écarlate.
Un lièvre au poil rougi traîne sur les pavés
Avec des yeux pareils à des raisins crevés.
D'un tas d'huîtres vidé d'un panier couvert d'algues
Monte l'odeur du large et la fraîcheur des vagues.
Les cailles, les perdreaux au doux ventre ardoisé
Laissent, du sang au bec, pendre leur cou brisé ;
C'est un étal vibrant de fruits verts, de légumes,
De nacre, d'argent clair, d'écailles et de plumes.
Un tronçon de saumon saigne et, vivant encor,
Un grand homard de bronze, acheté sur le port,
Parmi la victuaille au hasard entassée,
Agite, agonisant, une antenne cassée.

Albert Samain, 1858-1900

Cuisines

*Remerciements :*

*Merci à mon mari, pour sa patience, lorsque je lui relate mes innombrables idées, et pour ses judicieux conseils quant au tri de celles-ci.*

*Merci à Pierre et Catherine, Geneviève et Yvon ainsi que Florence, mes premiers lecteurs, pour leurs si précieuses idées, leurs suggestions et leurs encouragements.*

*Merci également à Anne-Marie et Marie pour leurs relectures si précises.*

Cuisines

Printed in Great Britain
by Amazon